어린이 작가들의 생생한 일기모음

글 장석천 / 어린이 글쓰기 공모전 입상작

글쓰기를 힘들어 하는 어린이들을 위한
어린이 작가의
생생한 글 모음

은성문고
EUNSUNG BOOK STORE

머리말

저는 동네의 작은 서점을 운영하는 평범한 책 장사꾼입니다.
글쓰기에 전문가도 아니고 누군가에게 무엇을 가르쳐 본 경험은 더욱 없습니다. 그래도 서점을 운영하다 보니 다양한 책을 접하게 됩니다. 그 중에 한 부분을 차지하는 것이 초등학교 참고서입니다.

참고서는 당연히 교과서를 기준으로 삼아 그와 관련된 학습을 배가시키기 위한 내용으로 구성되어 있습니다. 그런데 영어, 수학 등의 과목은 스스로 학습을 하거나 지도교사의 도움으로 학습을 한 후 그 결과를 확인하는 것이 가능합니다.
그런데 초등 국어에 관련되어서는 그것을 확인하는 것이 쉽지 않습니다.

국어교육의 궁극적 목적은 개개인의 말하기, 쓰기, 창작의 능력 향상입니다. 시중에 나와 있는 초등 국어 참고서를 보면 어휘력, 독해력, 사고력 등의 제목을 가지고 다양한 예시문을 주고 바르게 이해를 했는가를 확인하거나 빈 칸에 적절한 단어를 넣게 하여 어휘력을 키우는 것이 주요 내용이었습니다.

물론 보다 나은 글쓰기를 위해서는 필수적인 학습과정이긴 하지만 마지막 단계인 학습의 결과 즉 그렇게 학습해서 얼마나 자기 것으로 소화를 했는가를 확인할 수 없기에 이해력과 어휘력을 확인하는 것으로 국어 교육을 종결짓고 있는 형편입니다.

그 대안으로 초등학교에서는 일찍이 일기쓰기를 권장하였지만 최근에는 개인 사생활의 노출 등의 이유로 초등학교에서 일기 쓰기를 지양하는 것으로 알고 있습니다.

물론 설명문, 기행문, 논설문, 보고서, 독후감 등 다양한 장르로 세분화되긴 하지만 초등 글쓰기 훈련은 일기만 한 것이 없다고 생각하는 저자의 생각으로는 한편으로 아쉬운 시대적 변화라고 생각합니다.

그래서 초등 글쓰기를 위한 기존의 책들을 보니 대부분이 초등학생이 직접 그 책을 보고 글을 쓰는데 도움을 주기보다는 "초등학생이 글을 잘 쓰려면 이렇게 해야 합니다." 라는 내용으로 초등학생의 선생님 또는 부모님들을 위한 내용이 많았습니다.

그래서 또래의 초등학생들이 쓴 글을 읽을 수 있다면, 글을 쓰는 거에 대한 재미와 자신감을 줄 수 있지 않을까 하는 작은 기대감과 소망으로 시작하게 되었습니다.
아무쪼록 본 책이 아이들의 글쓰기 능력에 도움이 되기를 희망합니다.
더불어 본 책의 내용 중 진실한 글은 오직 아이들의 글뿐이며 나머지는 모두 좁고 얕은 저의 사견인지라 한 없이 부족하고 미진한 것 투성이입니다.
다름과 틀림이 있더라도 너그럽게 보아 주시기 바랍니다.

목차

1. 본 책의 특징

어린이

첫째, 많은 어린이의 글을 모아 장르 별로 구분하여 정리하였습니다.

공모전을 통해 선정된 초등학생들의 일기를 일상생활, 독후감, 기행문, 논술 등의 다양한 장르별로 찾기 쉽게 정리하였습니다. 따라서 어린이가 글을 쓰고자 하는데 막연하게 생각할 때 본 책에서 쓰고자 하는 분야를 찾아 읽고 습득이 용이하게 하였습니다.

둘째, 글쓰기의 방법론에서 동일한 패턴을 반복하게 하였습니다.

글을 쓰는 게 힘든 이유는 하얀 백지와 연필만 주기 때문입니다. 부록으로 제공되는 「플로우차트로 익히는 글쓰기 노트」는 플로우차트[흐름도]를 이용한 양식을 제공함으로써 아이의 머릿속에 있는 기억을 스스로 끄집어 내어 글로 표현할 수 있게 하였습니다. 또한 동일한 패턴을 반복함으로써 글쓰기라는 큰 틀을 자기 것으로 만들 수 있게 하였습니다.

셋째, 다양한 소재를 스스로 찾아낼 수 있게 하였습니다.

본 책에서 제공되는 다양한 동년배들의 일기를 봄으로써 일기쓰기에 대한 자신감을 가질 수 있고, 부록에서 제공되는 플로우차트를 이용하여 다양한 소재를 스스로 찾을 수 있게 하였습니다.

학부모와 선생님

첫째, 어린의 세계를 바라보는 재미가 있습니다.

어린이의 세계는 동시대에 존재하는 다른 공간이라고 생각합니다. 따라서 많은 아이들의 글을 보고 그들의 세계를 이해하는 데 도움이 되리라 감히 생각합니다.

둘째, 보통의 학부모님들도 지도가 가능합니다.

글쓰기 전문가가 아니라도 본 부록이 제공하는
「플로우차트로 익히는 글쓰기 노트」를 이용하면 아이의 글쓰기 지도가
가능할 것으로 생각합니다.

자~ 다른 친구들은

일기를

어떻게 썼는지

다음 장을 넘겨 볼까요?

Chapter 1 일기

2021년 7월 10일 토요일   날씨 : 소나기 후 매우 더운 날씨

제목 : 인생 첫 설거지

오늘은 살면서 처음으로 설거지를 해보았다.

설거지를 해보니 할머니, 할아버지, 아빠, 엄마가 얼마나 힘들었는지 알게 되었다.

설거지를 해보니 팔도 아프고 많이 힘들었다.

설거지를 해서 엄마가 편하게 됐다고 고맙다고 했다.

그 말을 들으니 나도 뿌듯했다.

나는 앞으로 효도를 많이 하기로 결심했다.

항상 효도를 해서 이 뿌듯한 마음을 계속 가지고 있어야겠다.

그리고 일기를 3일 써보니 일기의 중요함과 재미를 알게 되었다.

2021년 9월 5일 일요일

제목 : 공포의 일요일

아침에 일어남과 동시에 엄마가 나가는 소리가 들렸다. 교회를 가신 것이었다.

형과 나는 TV를 켰다. 형과 나는 재미나게 TV를 보며 엄마를 기다렸다.

11시쯤 그 순간! 전화 소리가 들려서 전화기를 들었다.

"여보세요~" 엄마셨다.

"채팅 못 봤나 보네 엄마가 성경 쓴 거 싹~ 다 검사 할 거니까 그렇게 알고 있어."

나와 형에게는 충격적인 소식이었다.

"형! 엄마가 성경 검사한데!"

형이 놀란 듯 말하였다. "뭐?! 진짜?!"

둘 다 안 썼다. 엄마가 오셨다. 잠시 후, "뭐! 그걸 핑계라고 대는 거야?"

엄마는 화난 말투로 얘기했고 형은 180절을 써야 했다.

도서관에 가서 잠언을 3/1, 2 정도 쓴 후

집에 와서 TV를 보다가 외식을 하였다.

국밥집을 갔다.

밥 먹고 온 뒤 엄마, 아빠는 산책을 가시고

형과 나는 집에서 TV를 봤다.

엄마한테서 전화가 왔다.

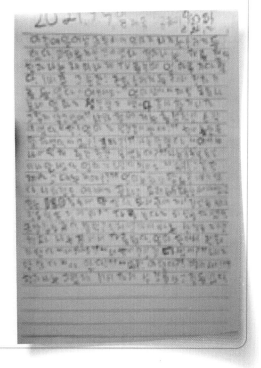

"여보세요"

"너 형이랑 성경 다 썼어?"

내가 말했다. " 아, 맞다!"

"뭐? 아 맞다? 빨리 써!"

형과 나는 그렇게 11시까지

성경을 쓰고 잠들었다.

3월 27일 일요일   날씨 : 봄이 더 다가온다.

제목 : 끔찍한 하루

오늘은 아주 끔찍한 하루였다.

아침에도, 점심에도 수학 문제집을 풀었다. (아주 많이 혼나면서)ㅠㅠ

눈이 빙글빙글 도는 느낌이었다.

그리고 내일은 수학 시험이다.

엄마는 시험 공부하신다고 그동안 밀린 수학문제(10장쯤?)를 풀었다.

끙끙, 이러다 병나겠다.

다 풀자 해방이라는 기쁜 마음으로 도서관에 갔다.

그러나 나의 꿈 같은 독서시간이 글쓰기, 수학 때문에 끝났다.

그래도 두 시간이나 책을 읽었다.

이제 수학이라는 말만 들어도 머리가 아프다.

"아 수학이 더 싫어진다."

그래도 내일 단원평가 엄마 말씀대로 잘 풀자.

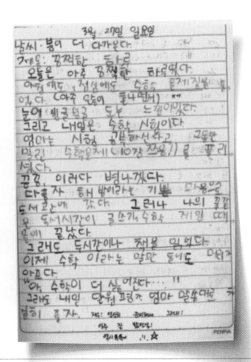

6월 16일 화요일　　　　날씨: 계란프라이 가스레인지 없이 가능한 날

제목 : 이빨 빼는 방법

요즈음 메르스란 중동호흡기질환으로 학교도 일주일째 휴교했다.

나의 7번째 이빨이 흔들린다. 병원 가기도 무섭다. 그래서 집에서 이빨을 빼기로 했다. 겁먹은 나를 위해서 아빠가 이빨 뽑는 코믹동영상을 보여 주셨다.

1. 강아지 허리와 이빨을 실 양 끝으로 묶은 뒤 공을 던져 강아지가 물어오게 한다.

강아지가 달리면서 이빨도 쏙 빠진다.

★ 나는 강아지가 없으니 실현 불가능!

2. 흔들리는 이빨에 실을 묶고 엄마가 이마를 빡 치면서 당긴다.

★첫 이빨을 뽑을 때의 아픈 기억이 있어 싫다.

3. 강아지 대신 RC카에 실을 묶고 내 이빨에도 실을 묶어 RC카를 조종한다.

★RC카에 실을 묶고 내 이빨에 실을 묶어 꾹 조이는 순간 이빨이 쏙 빠졌다.

이렇게 나의 7번째 이빨 뽑기 소동은 끝났다.

지난 7년 동안 나랑 함께 해줘서 고마워, 안녕~

눈물이 주르륵 흘렀다.

2017년 3월 13일

제목 : 나의 좋지 않은 습관

나에게는 좋지 않은 습관이 있다. 그것은 바로 실내화 주머니를 오늘 아침처럼 집에 두고 오는

날이 많다. 그 문제를 고치려면 어떻게 해야 할까?

그 해답을 아래에 적어 보았다.

1. 아침에 조금 더 일찍 나온다.

2. 가방을 눈에 잘 띄는 위치에 둔다.

3. 실내화가 더러워질 때만 가지고 온다.

4. 머릿속을 실내화 주머니 생각으로 꽉 채운다.(그러면 잊을 일은 없겠지?)

위의 사항을 다 실천해 보고 제일 효율이 좋은 방법으로 실천하겠다.

내가 오늘 이 주제로 글을 남겨 같은 실수를 하는 것을 예방하기 위함이다.

한번은 실수, 여러 번은 습관이 된다. 나쁜 습관은 그때그때 고쳐야 발전할 수 있다.

11월 29일	날씨: 비오다 추워짐

제목 : 큐브

오늘 아침 일어나니 너무 일찍 깨서 TV를 보다가 아빠와 큐브를 맞추었다.

나는 순식간에 빨간 면을 맞추었다. 그런데 풀리고 하얀 모양을 맞추자 풀려 노란 모양을 겨우

맞추었다. 나는 중간에 포기했다. 아빠는 동영상을 찾아 가며 큐브를 맞추고 계신다.

(하루 종일 맞출 듯,, ^-^)

그런데 아빠가 다 맞추셨다. (기적인 듯?)

(대박~) 신기하다.

나는 시험으로 아빠한테 큐브 맞추라고 하였더니 엄마한테 떠넘기신다.

인터넷 동영상을 보면서 아빠는 남을 따라 맞추는 것도 방법이라고 하셨다.

나도 아빠께 큐브를 배우고 싶다. 큐브는 힘들 것 같다.

아빠 꼭 가르쳐 주세요

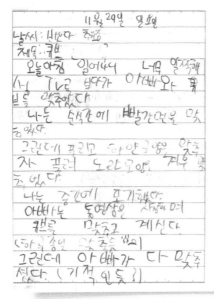

2016년 3월 14일 월요일   날씨 : 봄이 한 발짝 다가왔다

제목 : 우유 배달맨 된 날

오늘 학교 1인 1역 정하기에서 내가 원하던 우유 배달맨이 되었다.

수영이도 우유 배달맨이다.

나는 한 달 동안 자기가 맡은 1인1역 충실할 것이며, 우유창고에 우유를 넣고는 꼭 샛길로 새지 않고 바르게 교실에 온다고 굳게 다짐했다.

내가 원하던 1인 1역이 되어서 기쁘고 뿌듯하다.

또 자기도 하고 싶었지만 양보해준 기운이에게도 고맙다.

기운이가 나를 괴롭히는 것은 싫지만 우유 배달맨 역할을 양보해준 기운이가 멋지다.

나는 한 달 동안 양보해준 친구들이 고마우니 더 열심히 1인1역에 충실해야 겠다.

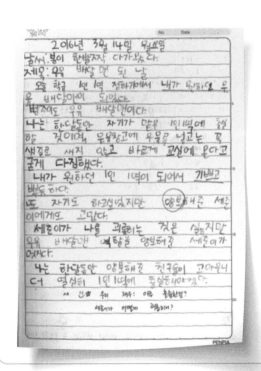

2016년 3월 24일　　　　　　　　　날씨: 맑은 봄기운이 느껴진다

제목: 방위(方 모 방) (位 자리 위) 수업

오늘 4교시 사회시간에 방위라는 것을 배웠다. 방위란? 공간의 어떤 점이나 방향이 어떠한 쪽의 위치를 말한다.(NAVER 검색)^^

방위를 알아보는 방법은 아래와 같다.

　1. 방위표를 보고 나타낸다.

　2. 방위표가 없을 경우 위가 북쪽, 아래가 남쪽이 된다.

　3. 나침반을 이용하여 알아본다. 지도에서 방위는 4방위를 준(東西南北)으로

　8방위, 16방위, 32방위로 나눌 수 있다.

(문제집 참고)

우리는 4방위에 대하여 공부하였다.

교과서로만 배우지 않고 실습을 하니 머리에 쏙쏙 잘 들어온다.

딱딱한 수업이 아닌 WOALDT는 수업이다.

선생님의 재미있는 수업 덕분에

공부가 즐겁다.

갈수록 5반이 좋아진다.

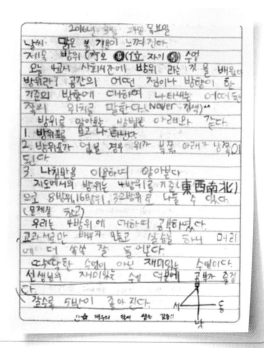

2021년 7월 9일 금요일

제목 : 오늘은 가장 슬픈 날

오늘은 1학기 등교 마지막이다. 방학은 아니지만 코로나 확진자가 많아져서 원격수업을 하게 되었다. 난 원격수업을 하게 되어서 정말 슬프다. 왜냐하면 선생님을 2학기 전까지 만나 뵙지 못하고, 몇 명 친구들은 방학 때 만날 수도 있지만, 또 몇 명 친구들은 2학기 전까지 만나지 못하기 때문이다. 그리고 가장 슬픈 건 정말 친한 내 친구 윤지가 전학을 가는 것이다.

점심시간이 되었다. 나는 점심을 먹지 않고 바로 집에 간다. 가기 전에 오총사끼리 사진을 찍으려고 했는데 윤지는 찍고 싶지 않다고 했다. 그 친구들은 급식 당번이어서 결국 찍지 못했다. 난 너무 아쉽고 슬퍼서 울음이 터졌다. 지연이에게 이 말을 하고 싶다. '지연아, 전학 가서도 나 잊지 마!'

2021년 6월 4일 금요일

주제 : PAPS 측정

수요일날 마지막 PAPS 측정이 있었다.

왕복 오래달리기를 했는데 52개를 했다. 40개부터 숨이 막혔다.

처음엔 36개를 했는데 조금 늘어서 다행이다.

집에서 학교 갈 때 '50개만 넘게 하자!' 마음먹었는데

목표를 달성해서 그런지 기분이 좋았다.

그리고 50M 달리기는 11초가 나왔다.

그날 운동장에서 하는 줄 알았으면 달리기 하는 운동화 신고 가는 건데,

단화를 신고 달려서 신발 벗겨질까 봐 힘을 주고 달렸더니 다리가 아팠다.

약력 테스트는 9.8? 정도였다. 잡는 방법을 잘 모르겠다.

앉아서 윗몸 앞으로 굽히기는 19.5

내가 PAPS 측정은 왜 하는 걸까? 라는 생각이 들었다.

나는 나한테 잘 맞는 줄넘기 운동을 꾸준히 할 생각이다.

12월 3일 목요일

제목 : 눈 굴리기

눈이 펑펑 와서 학교에서 눈싸움을 했다. 나는 눈을 데굴데굴 굴리다 보니 던질 수 없는 크기가 되었다. 평소에는 가볍게 느꼈는데 눈이 뭉치니 티끌 모아 태산이라도 되는 것 같다.

결국은 눈사람을 만들려고 하였는데 너무 무겁다. 둘이 같이 들어봐도 낑낑대다 들지 못한다. 어림잡아 40Kg 쯤? 발로 차보니 내 발도 아프고 눈은 완전히 얼었는지 물만 튄다.

눈덩이는 떨어지지 않는다. 안경에 눈이 묻었다. 앞이 흐릿하게 보인다.

들어갈 시간이 되어 안내 방송이 나온다. 아쉽다. 눈덩이는 사르르 녹아내리고 있다.

돈가스 마지막 조각 흘리는 느낌이다, 슬프다,

다음 눈이 기다려진다.

다음에는 미니 눈사람을 만들어야지~

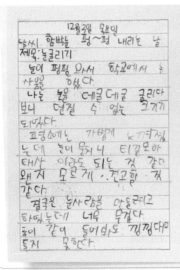
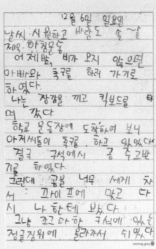

10월 14일 금요일　　　　　　　　　날씨 : 가을, 가을, 가을!

오늘은 저번의 지진 대피훈련과 달리 학교 전체에서 지진 대피훈련을 하였다.

사이렌이 울리자 책상 밑에 숨었다.

선생님의 지시 하에 가방으로 머리를 보호하며 운동장으로 나왔다.

지진 대피훈련이 수시로가 되어 버렸다. 아마 우리나라도 지진의 안전지대가 아니기 때문인 것 같다. 이번 가짜 지진의 진앙은 학교인 것 같다.(진앙이란 지진이 시작된 위치, 시작점을 말한다.)

그런데 몇몇 친구들은 장난을 친다. 진짜 지진나면 어떻게 하려고……

지진이 나면 무서워서 기억이 나지 않을 수도 있으니 열심히 외워야 되겠다.

명심, 또 명심하고 지진이 나더라도 침착하게 대처하면 생존확률이 높아진다.

지진이 나도 집중해서 들으면 살 수 있다. 아는 것이 힘이라는 것을 다시 한 번 깨달았다.

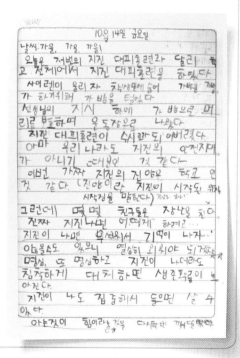

날짜 : 3월 31일 목요일

제목 : 자리 바꾸기

오늘 체육시간이 끝나고 자리를 바꾸었다. 두 번째 자리 바꾸기이다.

그런데 오늘은 자리를 아주 특이하게 바꾸었다. 일명 짝짓기의 신(찍신)게임이다. 남학생이 엎드려 있고, 여학생들은 신발을 교실 뒤편에 여기저기 내려놓았다.

그 다음 여학생들은 원래 자리로 돌아가 원하는 자리를 걸고 눈치 게임을 하였다.

그 동안에도 남학생들은 엎드려 있었다. 자도 될 정도로 긴 시간이었다. 여학생들이 자리를 정하고 나서야 남학생들이 움직일 수 있었다.

남학생들도 눈치게임으로 순서를 정하여 줄을 선 뒤 차례대로 손에 잡히는 신발을 높이 들고 오~ 나의 공주님(오글거린다) 어디계세요(톡).. (신발 떨어지는 소리) 쩌렁쩌렁한 목소리가 모기 날갯짓 소리가 된다. 해피바이러스 폭탄이 펑 터졌나? 여기저기에서 Hhhh, Pppp 웃음소리가 터져 나온다. 자리 바꾸는 것을 게임으로 하니 훨씬 재미있다.

글쓰기를 하는 순간도 웃음이 실실 새어 나온다. 다음번에도 게임으로 바꾸면 좋겠다. (추천게임. 동물 울음소리 흉내 내기)

다음에는 선생님께서 어떤 게임을 하실지 궁금하고 기대된다.

날짜 : 4월 19일 화요일　　　　　　　　　　　**날씨 : 청명한 하늘**

제목 : 현장체험학습 1일 전 나의 기분

드디어 내일이면 현장체험학습을 간다.

장소는 양천향교-> 허준박물관-> 선유도 공원을 간다.

세 군데 중에 1군데는 가 보았고, 2군데는 가보지 못하였다.

엄마의 말씀에 의하면 선유도 공원은 5~6살에 자주 갔던 곳이라고 하신다.

그런데 기억이 전혀 없다.

손목을 다쳐서 우울하지만 맛있는 도시락 들고 소풍갈 생각을 하니 기분이 저절로 좋아진다.

그런데 가방을 어떻게 들어야 할지 걱정이다.

새로운 무언가를 보게 될 것인지, 어떤 것을 배울지 궁금하다. 내일이 애타게 기다려진다.

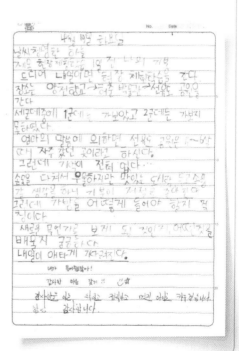

2017년 3월 22일 수요일

제목 : 나의 수난시대

앞으로는 나의 수난시대가 올 것이다. 그 이유는 박*희 라는 애가 나에게 학교 폭력을 쓸 패거리를 모집하고 있다고 한다.

세상에 믿을 사람은 없다. 이 일의 시작은 수영차에서 시작되었다. *희가 좁다며 차안에서 다리를 쫙 뻗었다. 그래서 내가 "여기가 너희집 안방이냐!" 라고 했더니 폭력을 실행한다.

그래서 어느날은 이런 생각도 들었다. *희이 슬픔은 나의 행복. *희의 기쁨은 나의 슬픔이다.

학교에서 진짜로 만나 맞는다면 나도 더 이상 봐주지 않을 것이다.

혼나도 상관없으니 *희를 쓰러뜨리고 싶다.

진다면? 잔머리를 써서 학교폭력 신고함에 쏙! 넣으면 끝이 날 것이다.

앞으로 여자아이들은 경계대상이다.

1월 3일 일요일　　　　　　　　　날씨 : 안개, 스모그 합동 공격한 느낌

제목 : 영화관람

준수와 롯데시네마에서 [몬스터호텔2]라는 영화를 봤다.

등장인물은 호텔 주인 드락, 열혈맘 마비스, 철부지 아빠 조니, 손자 데니스 이다. 가장 기억에 남는 단어는 뱀부지(뱀파이어 할아버지-하부지라고도한다-)이다. 가장 웃긴 장면은 미라가 주문을 외우다(모래폭풍) 허리가 삐끗하여 모래가 조금 나오는 장면이다. 몬스터 중에도 허당 몬스터가 있는 것 같다(영화 속에서).

마지막 장면에서는 웃기면서 슬프다.

데니스가 뱀파이어가 되어 커다란 박쥐들이 공격할 때 멋지게 공격한다.

드락은 전력 질주하는 박쥐를 멈추게 하였다가 피한 뒤 움직이게 하였다.

박쥐들은 서로 부딪쳐 쓰려졌다. 실제로 가능한 일이면 좋겠다.

오늘 하루 준수와 같이 놀아서 즐거웠다.

다음 기회에도 놀고 싶다.

통쾌하면서 엽기적인 영화이며 추천하는 영화다.

몬스터 호텔 3가 기대된다.

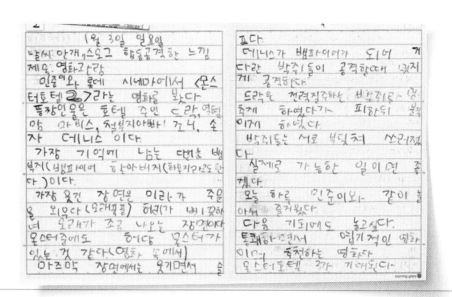

2021년 9월 4일 토요일   날씨 : 맑음

제목 : 자전거 타고 아라뱃길 정복하기 도전!

지긋지긋한 코로나! 집에만 있으려니까 가슴이 답답했다.

"그럼, 우리 자전거나 타러 갈까?"

심심하게 뒹굴뒹굴하고 있던 우리 남매에게 엄마가 말씀하셨다.

"오케이!"

자전거를 타러 갈 때는 몇 가지 챙길 것들이 있다.

첫째, 물! 뜨거운 날씨에 물은 필수다.

둘째, 헬멧! 솔직히 헬멧을 쓰면 엄청 답답하지만 갑자기 넘어지면 큰 사고가 날 수 있으니까 꼭 써야한다고 엄마는 항상 말씀하신다.

셋째, 썬크림 바르기. 내 피부는 소중하니까!

준비를 마친 우리 가족은 드디어 아라뱃길로 출발했다. 자진거를 타고 달리면시 보이는 풍경은 그야말로 힐링 그 자체였다.

이름 모르는 들풀들과 꽃들, 물가에는 하얀 새와 오리 떼가 헤엄치고 있었다. 자전거를 타다가 지칠 때면 잠시 멈춰 나무가 만들어 주는 그늘에 앉아 물을 마시면서 쉬었다. 시원한 바람이 불어와 땀을 식혀주니 기분이 좋았다.

그렇게 열심히 목적지를 향해 달렸지만 우리는 중간에 발길을 돌려야 했다. 코로나로 운동 부족이었던 내 다리가 저려서 더 이상 페달을 밟을 수가 없었기 때문이다.

두 발 자전거를 이제 막 타기 시작한 동생도 힘이 들었는지 집에 가고 싶다며 징징거렸다.

목적지까지 도착하지는 못했지만, 가족과 함께 자전거를 타니 즐겁고 재미있는 시간이었다. 앞으로도 꾸준히 자전거를 타서 더 건강해지고 싶다. 운동을 하고나니 꿀잠을 잘 수 있을 것 같다. '다음번에는 꼭 아라뱃길을 정복해야지.'

우수상
백지민 [석천초등학교 4학년]

2016년 3월 19일 토요일　　　　　　　　　　날씨 : Sunny

제목 : I can swim

Todays good day. I can swim mom's surprise my family go to the Woongin play City.

I take a 구명조끼 in the 파도 풀.

약 10분간 트랙을 돈 뒤 파도 풀 탔다.

It's very fun.

P.E 교과서에서 본대로 잠수를 시도해 보았다.

신기하게도 몸이 뜬다.

Two hands 땅 짚기, sit in waters, in water frog jump.

It's fun

My dad가 수영도 가르쳐 주셨다.

Swim's very fun!

In he water 안마도 하였다.

주말미션 clear !

I like swim's

☆ Swim and 주말미션 clear ! 一石二鳥

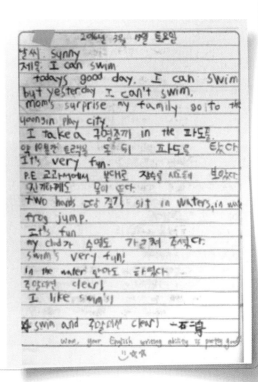

2017년 9월 17일

제목 : 자전거 타는 인천 아빠다 ! 아니 앞바다 !

오늘은 내가 또 자전거를 타러 갔다. 오늘은 아라뱃길, 목표는 인천 앞바다 !

이 먼 여정을 헤쳐 나갈 수 있을지?

(로드 살 수 있었는데 mtb 사서 속도도 못 내고)

일단 원래 돌아갔던 곳을 경유지로 선정 그 뒤로 폭포가 있었다.

그 뒤로 엄청 밟았다. 점심시간 즈음 어느 다리 밑에서 점심을 먹었다.

사과, 빵, 고마로 허기를 달래고 다시 강행군을 한 결과

저~기 바다가 보인다. 그러나 길을 잘못 들어 빙빙~돌아 인천 앞바다까지

자전거를 타고 왔다. 오는 데만 21Km 다 왕복 42Km 역대급이다.

바다를 보니 시원하다. 당당히 귀환!

파김치가 되었지만 오늘은 정말 재미있었다.

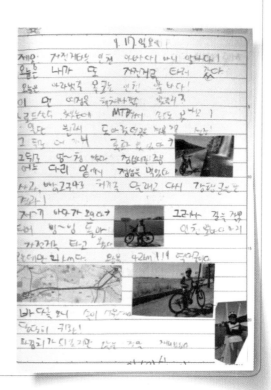

10월 31일 토요일	날찌 : 흐리고 추움

제목 : 바쁜 하루

아침부터 아주 바쁜 하루가 시작되었다. 일어나 밥을 먹은 뒤 씻고, 엄마와 아빠와 일산 킨텍스 제2전시장 9홀10홀에서 하는 로보월드에 갔다. 현수막에는 대한민국의 대표 재난대응 안전로봇인 DRC HUBO가 그려져 있었다.

DRC HUBO의 사촌쯤 되는 HUBO도 볼 수 있는지 궁금하였다.

그런데 세계 2등 휴머노이드 HUBO는 아마도 없을 것 같다.

들어가서 구경하다 보니 로보로보가 보였다. 반가웠다. 내가 만든 랜서봇과 비슷한 로봇도 보인다. 그리고 직접 스콜피온봇, 만들어 봤던 인버트봇, 심화2에 나오는 펠리컨봇도 있었다. 펠리컨봇은 공을 먹기도 하고 뱉어 내기도 하였다. 아빠가 사전 예약한 무인자동차 교육도 받고 퀴즈로 타볼 수 있는 기회도 얻었다. 센서도 보였다. 그런데 핸들이 그냥 돌아간다. 정말 신기하다. 내부는 정말 복잡하였다. 감지센서와 케이블도 많이 연결되어 있었다. 산업용 로봇과 교육용 로봇을을 다 보고 난 뒤 로봇운동장으로 갔다.

그곳에는 로봇농구, 로봇 마라톤, 로봇 축구, 재난로봇, 테스트, 로봇계단 오르기 등을 하고 있었다. 모두 로봇을 좋아하는 형들의 멋진 작품이었다. 나도 이런 대회에 꼭 참가해야 되겠다. 저녁 7시까지 태권도까지 집결해야 하는 관계로 아쉽지만 내년을 기대하며 집으로 왔다. 아침부터 저녁까지 힘들게 보냈다. 그래도 기분은 좋다. 내년에는 무엇이 나올지 궁금하다. 해마다 로봇전시회에 데려다 주시는 엄마, 아빠가 고맙다. 나도 엄마, 아빠께 효도해야 겠다. 부모님 감사합니다.

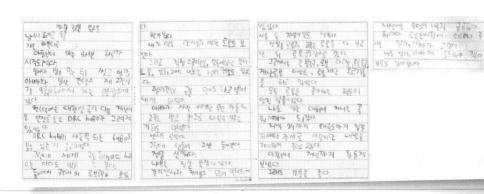

11월 7일 토요일   **날씨 : 흐리고 비옴(오랜만에)**

제목 : FC 서울 VS 수원 축구경기

아랫집 선후가(서연이 남동생) 상암동 월드컵경기장에서 하는 슈퍼매치 (2015년 마지막경기)를 보러 간다고 한다. 주말 외출계획이 없던 나와 아빠는 같이 구경 가기로 하였다. 경기는 오후3시에 시작되었다. 우리가 도착 하였을 때에는 비가 와서인지 사람들이 없었다. 경기 시작과 함께 사람들이 몰려왔다.

오늘 경기는 FC서울과 수원이 하는 경기였다. 공 하나를 가지고 2팀 20명의 선수가 상대방의 골문을 향하여 공을 뺏고 뺏기다. FC서울의 윤주태 형이 으스마르 아저씨의 패스를 받아 첫 골을 넣었다. 순간 경기장은 환호의 함성으로 뒤덮였다. 골을 넣는 짜릿한 순간을 실제로 보다니! 나도 모르게 예~라는 소리가 목구멍에서 튀어나왔다. 경기는 계속되었다. 가랑비 정도였던 비가 점점 거세게 온다. 선수들의 얼굴에는 땀인지 비인지 물이 줄줄 흐른다.

그래도 힘든 기색 없이 공을 쫓아 쉬지 않고 달린다. 대단하다. 윤주태 형이 또 한 골을 넣었다. 전반전은 2대0으로 FC서울이 앞섰다. 중간 휴식시간에 차두리 아저씨의 정식 은퇴식이 있었다. 열심히 운동한 사람은 역시나 마무리도 아름답다. 정말 멋있었다. 후반전은 전반전보다 더 치열했다. 수원은 전반전의 패배에 실망하지 않고 불타는 노력으로 3골이나 넣었다.

기적이다.

그러나 FC서울도 만만하지는 않았다. 윤주태형이 또 2골을 넣었다. 해트트릭을 넘었다. 이번 경기에서 팀원들의 팀워크에 힘입어 4골을 넣었다.

경기는 4대3으로 FC서울의 승리로 끝났다. 빗속에서 멋진 경기를 보여주신 선수들에게 격려의 박수를 보낸다. 정말 멋진 경기였다. 다음해에 할 경기가 기대된다. 아빠 고맙습니다. 사랑해요.

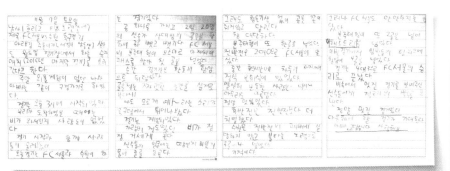

12월 10일	날씨 : 추움

제목 : 첫 로보로보 센터 방문과 촛불집회

오늘은 기다리고 기다리던 로보로보 센터 수업 받는 날이다.

구글 크롬으로 code.org 검색후 사이트에 들어가서 수업을 했다.

코딩으로 프로그램을 움직이게 하며 공부하는 방법이다. 게임 같아 1시간도 할 수 있겠다.

두 번째로는 미국 MIT 공대에서 만든 SCATCH 라는 프로그램을 했다.

스프라이트라는 캐릭터가 도장도 찍고, 걸어 다니고, 날아다닌다. 다음 모양으로 바꾸며 뛰는 것을 구현하고, 벽에 닿으면 팅기기로 방향을 바꾼다. 단점은 너무 빨라 잔상이 남고 하늘과 땅 구분이 없다. 주력도 작용하지 않는다. 그래도 흥미 있다고 생각된다. 나 포기하지 않는다!

그리고 그 힘든 센터를 끝나고 촛불 집회에 갔다.

진짜 100만 촛불이라 해도 손색이 없을 정도로 사람이 많다. 촛불도 많다.

어디를 가도 꽉! 끼어서 잘 안 움직인다. 그래도 모인 사람들은 한마음 한 뜻인 듯 같은 말을 외친다. 그리고 희망적인 말로 만든 노래도 나온다.

어둠은 빛을 이길 수 없다.
거짓은 참을 이길 수 없다.
진실은 침묵하지 않는다.
우리는 포기 하지 않는다.

이 노래와 가사처럼 포기하지 말자! 특히 나 오늘 진짜 100만 촛불을 눈앞에서 본다. 국민은 나라의 주인이라는 것을 알았다.

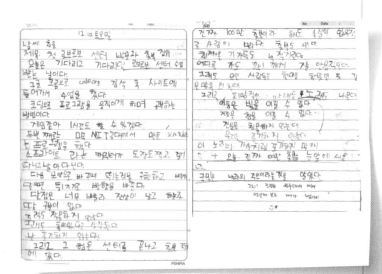

2021년 7월 12일 월요일　　　　날씨 : 쪄서 쓰러질 거 같은 날씨

제목 : 엄마는 동생 편

오늘은 동생과 싸워서 엄마한테 혼났다.

팝잇이라는 장난감을 동생이랑 사촌동생과 거래를 했는데

친동생 거를 사촌동생이 나랑 거래해서 내 것이 되었는데 친동생이 그것은 자기 것이라고 해서 내가 사촌동생과 거래해서 얻은 거라 안 된다고 했는데 동생이 계속 물어봐서 안된다고 계속하다가 엄마가 그 상황을 보고 나를 씻겨주면서 나를 혼냈다.

엄마가 화내면서 질문을 할 때는 머릿속이 하얘졌다.

반성해야 하는 생각이 들긴 하지만 나만 혼났다는 생각이 들기도 한다.

왜냐하면 동생도 한번 물어보면 끝이고,

내가 거래해서 얻은 장난감(팝잇)이기 때문이다,

다음부턴 동생도 같이 혼내면 좋겠다.

제목 : 동생들

나에겐 여동생과 남동생이 있다.

동생들은 나에게 항상 스트레스만 줬다.

나에게 스트레스를 주는 동생은 다른 동생들도 있었다.

이러한 이유 때문에 나는 동생을 별로 좋아하지 않았다. 동생이 나에게 주는 것은 스트레스만 있는 것이 아니었다.

동생은 나에게 책임감도 주었다. 나는 평소에 동생을 돌봐야 할 때가 많았다.

어느 날 이웃 동생과 차를 타고 마트를 가는 날이었다.

동생들은 경찰이 지나가는 것을 보고 안전벨트를 했다. 이웃 동생은 경찰이 지나간 후 안전벨트를 다시 풀었다.

그러자, 이웃 동생의 엄마가 말했다.

"안전벨트 해야지" 이웃 동생이 말했다. "언니도 안 하고 있는데?"

이웃 동생의 엄마가 뒤를 돌아보며 말했다. "네가 모범을 보여야지!"

나는 그 말을 듣는 순간 억울했다.

안전벨트를 해야 하는 것이지만, 내가 모범을 보여야 한다는 말에 억울했다.

동생이 나에게 주는 것은 슬픔도 있었다.

어느 날 남동생은 삼각 김밥을 먹는다며 여동생을 데리고 편의점을 갔다.

남동생은 돈이 많지 않아 삼각 김밥 하나를 사서 여동생과 나눠 먹었다.

동생들은 매우 행복해 했다.

나는 그 모습을 보고 미안한 마음과 슬픈 마음이 들었다.

마지막으로 동생이 나에게 주는 것은 분노였다.

어느 날, 남동생은 날 화나게 했다.

그래서 나는 "확 사라져 버려" 라고 말했다.

남동생은 그 말을 듣고 울었다.

그 모습을 보고 나는 '내가 왜 그 말을 했지?' 라고 후회했다.

이렇게 동생들은 나를 화나게 할 때도 있고, 행복하게 할 때도 있다.

하지만, 나는 슬플 때나 기쁠 때나 함께 해주는 동생을 사랑한다.

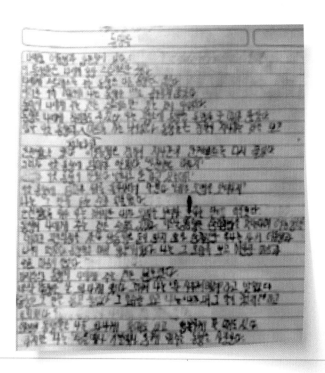

2021년 9월 21일 화요일

제목 : 추석

추석인데도 날씨가 덥다

아침에 외할머니, 외할아버지 댁에 가서 송편도 먹고 생선도 먹었다.

시골 친할머니 댁은 코로나 수칙 때문에 못 갔다.

낮에는 사촌 언니 오빠를 만나서 핸드폰 게임하고 재미있게 놀았다.

저녁에는 삼촌한테 내가 그리고 있는 그림을 보여드렸다.

잘 그린다고 하시면서 책 열심히 읽어서 아이디어 많이 얻으라고 하셨다.

따로따로 친척들 만나니까 좀 힘들다.

다 같이 모여서 밥 먹고 싶다는 생각이 들었다.

학교도 안 가고 줌 수업도 없고, 학원도 안 가니까 살 거 같다.

추석이라서 오랜만에 뒹굴뒹굴하니까 기분이 좋았다.

2021년 9월 21일 화요일

〈제목〉 추석

추석인데도 날씨가 덥다.
아침에 외할머니, 외할아버지 댁에 가서 송편도 먹고 생선도 먹었다.
시골 친할머니댁은 코로나 수칙 때문에 못갔다.
낮에는 사촌 언니 오빠를 만나서 핸드폰 게임하고 재미있게 놀았다.
저녁에는 삼촌한테 내가 그리고 있는 그림을 보여드렸다.
잘 그린다고 하시면서 책 열심히 읽어서 아이디어 많이 얻으라고 하셨다.
따로따로 친척들 만나니까 좀 힘들다.
다 같이 모여서 밥 먹고 싶다는 생각이 들었다.
학교도 안가고 줌수업도 없고, 학원도 안가니까 살거같다.
추석이라서 오랜만에 집에서 뒹굴뒹굴 하니까 기분이 좋았다.

12월 22일 화요일

제목 : 동짓날

12월 22일 동짓날이다.

이제부터는 낮이 길어지고 밤이 짧아진다.

옛날 동지에는 귀신이 오지 말라고 팥죽을 벽, 대문에다 뿌리고 먹었다고 한다. 그 풍습이 그대로 내려와 동짓날에는 팥죽을 먹는다.

우리 집, 학교에서도 팥죽을 먹었다. (집에는 팥국?) 엄마의 실수?

나는 엄마를 도와 새알심을 만들었다. 하얗고 말랑말랑한 반죽을 조물락, 조물락 주무르고 동그랗게, 네모나게도, 심지어 빈대떡 모양으로도 만들었다.

남은 반죽으로 엄마가 맛있는 화전을 해주신다고 한다. 벌써 입안에 군침이 돈다.

맛있는 동지 팥죽 먹고 올해에도 건강하게 지내야 되겠다.

내년에는 팥국이 아닌 팥죽이 기대된다.

엄마, 내년 팥죽 더 맛있게 해주세요.

사랑해요~

제목 : 떡볶이

오늘은 맛있고 매콤한 떡볶이를 먹는 날이다.

내 생일이 곧 다가오고 떡볶이는 내가 제일 좋아하는 음식 중 하나이기 때문에 더욱 기대가 되었다.

띵동! 드디어 내가 기다리고 기다리던 떡볶이가 도착했다. 오늘 먹을 떡볶이는 재료만 배달 받아서 직접 만들어 먹는 즉석 떡볶이였다.

"민성아, 아빠가 떡볶이 금방 만들 테니까 조금만 기다려.

"떡볶이가 점점 완성되어 가면서 맛있는 냄새가 공기를 타고 풍겨왔다. 그 맛있는 냄새 때문에 기다리는 시간이 괴로웠다.

"완성! 이제 먹자"

아빠가 말씀하셨다. 나는 눈 깜짝할 사이에 식탁에 앉았다. 떡볶이뿐만 아니라 라면, 쫄면, 어묵, 달걀 게다가 예상치 못한 수제비까지 정말이지 환상의 조합이었다. 떡볶이를 하나씩 씹을 때마다 쫀득쫀득한 느낌이 났고 라면과 쫄면은 면치기를 해서 먹었다.

그렇게 하나 둘씩 먹다보니 금새 내 그릇이 텅텅 비어져 있었다.

아쉬웠지만 거의 내 인생 최고로 맛있는 떡볶이, 아니 음식이었다.

그리고 아빠에게 말한다. "만들어 주셔서 감사합니다."

2021년 7월 11일 일요일　　　　　　**날씨 : 집에서도 더운 날**

제목 : 맛있었던 삼계탕

오늘은 7월 11일, 초복이다. 그래서 오늘은 저녁으로 삼계탕을 먹었다.

초복이 아닐 때도 삼계탕을 먹는 날이 많았지만 이번에 먹을 때가 더 맛있었던 것 같았다.

삼계탕을 먹을 때 중간에 김치를 먹었는데 좀 매웠다.

김치가 매웠지만 나는 꾹 참고 밥을 먹었다.

잠시 후, 벌써 한 그릇을 뚝딱! 다 먹었다. 언니가 한 그릇을 더 먹는 것을 보니 나도 또 한 그릇을 먹고 싶어서 할머니께 말씀드렸다.

할머니께서 한 그릇을 더 퍼주시더니 "하은이 잘 먹는다~" 라고 칭찬을 해주셨다.

그리고 밥을 맛있게 먹었는데 너무 배가 불렀다.

여태까지 먹었던 삼계탕 중에 오늘이 가장 맛있었다.

2021년 7월 8일 목요일	날씨 : 아침에는 소나기 낮에는 땡볕 더위

제목 : 김치볶음밥

저녁으로 4시에 김치볶음밥을 할아버지가 해주셨다.

정말 맛있었다.

그리고 할아버지가 햄까지 넣어주셔서 더 맛있었다.

맛있게 김치볶음밥을 먹고 태권도장에 가니 배에서 꼬르륵 소리가 안 났다.

나를 위해서 열심히 맛있게 저녁 준비를 해주셔서 할아버지께 감사했다.

그래서 다 먹고 난 뒤, "잘 먹었습니다." 라고 감사인사를 했다,

누나도 맛있어서 김치볶음밥을 같이 먹었다.

할아버지의 정성과 나를 위한 마음이 담겨있어서 더 맛있었던 거 같다,

나도 커서 불을 사용해 김치볶음밥을 해보고 싶다.

4월 3일 일요일　　　　　　　　　날씨: 봄비가 보슬보슬 내린 날

제목 : 내가 좋아하는 음식과 싫어하는 음식

음식을 소개하겠다.

내가 좋아 하는 음식은 아래와 같다.

1. 과일(수박, 메론, 포도, 오렌지 등)

　이유 : 달콤하고 시원하여 맛있게 즐길 수 있다.

2. 채소 (양배추, 무, 당근)

　이유 : 밥과 같이 쌈을 싸거나 밥반찬으로 즐길 수 있다.

3. 떡갈비

　이유: 질기지 않은 고기이기 때문이다. (질기면 먹기가 싫어진다)

싫어하는 음식은 아래와 같다.

1. 마늘

　이유: 마늘 냄새만 맡으면 머리가 아프다. (마늘은 정말 싫어)

2. 양파

　이유: 너무 맵다.

3. 고추(고춧가루, 고추장)

　이유: 2번과 동일하다.

4. 꽁치 통조림

　이유: 비린내가 나서 먹으면 속이 부글부글 끓는다.

간단하게 생각하면 맵거나 비린 음식은 싫다.

그러나 좋아하는 음식만 먹으면 살이 찐다. 또 키도 잘 크지 않는다.

앞으로 편식하지 말고 잘 먹어야 되겠다.

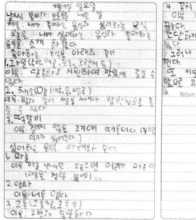

제목: 친구랑 바닷가로 캠핑 간 날

우리 가족은 친구랑 바닷가에 갔다.

나는 바다를 보자 신이 나서 뛰어 들어갔다. 나는 파도를 피하면서 물놀이를 했다.

바닷물은 따뜻했고 정말 짰다. 재미있게 놀다보니 마스크가 벗겨지는지도 몰랐다.

엄마가 수영장을 찾아서 친구와 수영장으로 뛰어 들어갔다.

수영장에서는 친구와 잠수하고 수영도 하고 다이빙도 했다.

경치는 바닷가가 좋았지만 재미는 물놀이가 좋았다.

바다는 무서웠다.

물놀이를 하고 밥을 먹었다. 밥은 정말 꿀맛이었다. 물놀이를 하고 먹는 밥이라서 더 맛있었다.

우리는 텐트 속으로 들어 가 게임을 했다. 내가 게임을 져서 속상했다.

텐트 밖으로 나갔다.

바닷가 주위는 아주 깜깜했고 별은 반짝반짝 빛났다

이렇게 많은 별을 보는 건 처음이다.

내일은 친구랑 헤어져야 된다. 내일이 되지 않고 이대로 쭉 되었으면 좋겠다.

너무 행복했다.

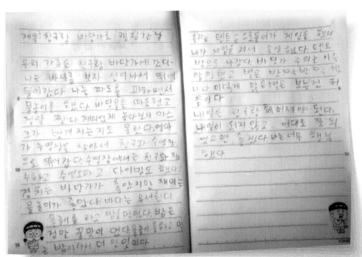

날짜: 9월 10일 토요일　　　　　　　　　**날씨: 쌀쌀함**

제목: 메기 잡은 날

오늘은 내가 기다리던 토요일이다. 왜냐하면 아빠와 낚시를 가는 날이어서다. 갑자기 엄마가 안과를 가야한다고 말했다. 누나와 검진 받는 날이었다. 나는 내일 안과에 가자고 했지만 오늘 꼭 가야한다고 해서 좋았던 기분이 우울해졌다. 10시 30분 돼서야 진료가 끝나고 다시 들뜬 마음으로 대장동 수로에 낚시를 하러 갔다.

"아~ 안과만 아니면 9시에 도착하는 건데!!! " ㅠㅠ 사실 엄마한테 화가 안 풀렸다.

하지만 오후 5시까지 입질이 없는 거다. 옆에서 내림낚시를 하던 아저씨가 알려준다고 해서 갔다. 신기하게 1분도 안 돼 입질이 오는 거다. 그리고 잉어와 붕어를 잡았다.

그 아저씨께 너무 고마웠다.

아저씨는 가고 아빠와 나는 밤낚시를 계속 했다.

아빠는 계속 잡고 나는 못 잡아서 속상했는데 갑자기 찌가 쑥~ 내려가는 거다. 뭔가 봤더니 세상에 메기였다. 아빠가 잡은 메기보다 내께 훨씬 컸다. 너무 신나고 어깨가 쑥~ 올라가는 거 같았다.

엄마한테 자랑할 생각에 기분이 들뜬 채로 집으로 왔다.

다음에는 20cm 넘는 붕어를 잡고 말겠다.

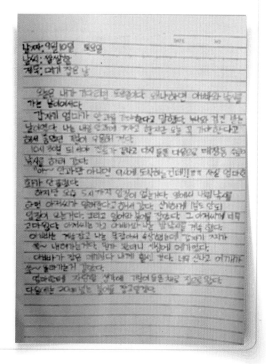

2017년 3월 19일 일요일

제목 : I belive I can fly~ shoes

오늘 밖에서 놀다가 매우 안 좋은 소식이 있었다.

그 시작은 이러하다. 피구를 하다 넘어지면서 신발이 날아가

201호의 베란다에 끼었다. 그리하여 내 신발은 외톨이가 되었다.

나와 약 3년간 함께한 신발이었는데 ㅠㅠ 꺼내는 것은 90% 불가능하다.

실외기의 틈에 신발이 꽉 끼었다. 내 신발이 낀 곳 옆에는 지훈이의 야구공,

그 옆에는 상우 배드민턴공이 있었다. 그런데 그것보다 더 미스테리한 것은

어떻게 그렇게 높이 올라갔냐는 것이다.

나는 그 미스테리를 풀지 못한 채 신발 한짝으로 쓸쓸히 집에 돌아와야 했다.

신발아 제발 돌아와 줘~

* 저녁 9시 부탁을 해서 꺼내었다.

11월 19일 토요일　　　　　　　　　　　　날씨: 춥다~

제목 : 친구들과 딱지치기

오늘 오후 숙제를 다 하고 밖에서 주영, 민후와 딱지치기를 했다. 하다 보니 정훈이도 왔다. 처음에는 내가 밀리나 싶었지만 점점 역전하다 나만 집중 공격한다.

그런데 내 것은 잘 안 넘어 간다. 민후가 절대 못 딴다는 딱지 모두 내가 다 땄다.

민후의 기분이 급하게 안 좋아진 듯하다. ㅠㅠ

그래도 계속 진행하였다.

그런데 한 가지 이상한 점이 있다. 튕긴 딱지는 민후에게만 간다.

정훈이가 친 것은 너무 높게 튀어 올라서 민후의 입에 들어갈 뻔하였다. ㅋㅋㅋ

스프링인 줄 알았다.

그리고 나에게는 중복 딱지가 7개가 있어 하나가 따먹혀도 계속 7번이나 낼 수 있다.

오늘 딱지치기 다음 주에도 하고 싶다.

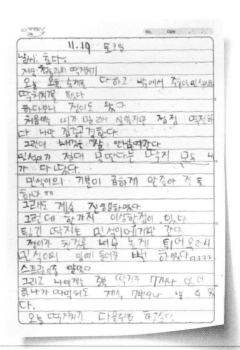

Chapter 2 기행문

제목: 누워 있는 불상과 누워있는 아빠

날씨: 파란하늘이 아름다운 선선한 가을날

우리가족은 바쁜 일상에 이리저리 치이던 중 마음의 안정을 갖기 위해 석모도에 위치한 '보문사'에 갔다. 보문사는 평일인데도 많은 인파로 인산인해를 이루었다. 사람들에게 절은 안식처가 되어 주는 것 같다. 먼저 예를 갖추어 부처님께 인사를 드렸다. 다음으로 다가오는 추석을 맞이하여 소원도 빌고 돌탑도 쌓았다. 보문사 위쪽에 위치한 마애불을 가기 위해 소원이 이루어지는 계단을 올랐다.

다리가 아프고 힘들었지만 옆에 울창하게 우거져 있는 소나무들과 참새들이 나를 응원해 주는 것 같아서 다시 힘을 낼 수 있었다. 마애불은 산중턱 눈썹 바위라는 암벽에 조각되어 있었다. 암벽에 마애불이 조각되어 있다는 게 무척 신기하고 신비로웠다 마애불에서 조금 더 올라가다 보면 천인대라는 곳이 나온다. 천인대에는 누워 있는 불상이 있었다. 누워있는 불상을 보니 아빠가 떠올랐다.

아빠도 불상처럼 만날 누워 있기 때문이다. 학원을 마치고 돌아왔을 때 누워있는 아빠를 보면 가끔 얄밉기도 하다. 하지만 아빠가 충실하게 일하니 누울 자격이 있는 것 같다.
그러고 보니 불상이 갑자기 부러워졌다. 학교, 학원을 가지 않아도 되고 누워 있기만 해도 많은 사람들이 찾아온다. 요즘 말로 '인 싸'인 것이다. 하지만 마냥 좋지는 않을 것이다.

일단 자유란 단어랑 거리가 멀다. 나는 자유롭게 이곳저곳을 다니지만 누워 있는 불상은 보문사에 꼼짝도 못하고 있어서 자유는 찾아볼 수 없고, 매우 답답할 것이다. 그리고 많은 사람들의 안녕과 평안을 기원해야 해서 힘들 것 같다. 난 누워 있는 불상의 일을 덜어주기 위해 여기서는 소원을 빌지 않기로 했다. 천인대는 고지대에 위치해 있어 보문사의 아름다운 풍경을 한눈에 볼 수 있었다.

마치 내 눈에 한 폭의 그림을 담은 듯 했다. 보문사에서 소원도 빌고 가족과 마음의 안정을 취

하던 중 어느새 집에 갈 시간이 되었다.

 아쉽지만 다음을 기약하고 집으로 출발했다. 난 차 안에서 불상들의 안녕과 평안을 기원하기로 마음먹었다. 절과 불상들은 많은 사람들의 안식처가 되지만 불상들의 안식처는 왜인지 없을 것 같았다. 안식처까지 아니더라도 불상들이 많은 사람들의 안녕과 평안을 기원하듯 나도 불상들의 안녕과 평안을 기원하는 것도 좋은 생각인 것 같았다.

집에 도착한 후 아빠는 누워 있는 불상과 똑 같은 자세로 TV 을 시청하셨다.
나도 아빠와 불상과 같은 자세로 잠이 들었다.

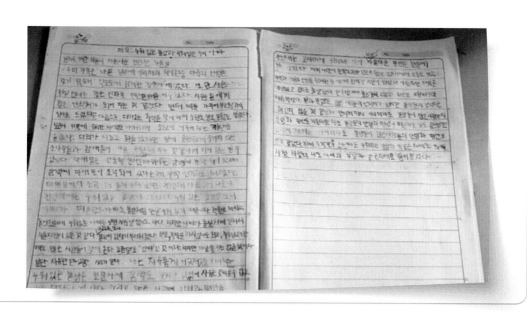

9월 11일 일요일　　　　　　　　**날씨: 많은 안개와 바람(대관령 기준)**

제목: 대관령 삼양 목장에서

어제 봉평 메밀꽃 축제를 갔다. 오늘은 그냥 오기 아쉬워서 대관령 삼양 목장에 갔다.

그런데 三養 라면과 불닭볶음면 광고 투성이다.

그런데 표를 주면 우유를 준다고 한다.

그리하여 우유를 받고 걸어서 양몰이 공연장으로 갔다.

양을 모는 개는 영국에서 오는 보더콜리다. 영어를 해야 알아듣는단다. 최근에서는 개도 영어를 하는 시대?

얼마나 잘 뛰는지 입이 쩍 벌어진다.

양몰이 공연을 보고 전망대로 셔틀을 타고 올라왔다.

안개가 많이 껴서 잘 보이지 않는다.

내려올 때 외할머니와 엄마는 버스를 타고, 나와 아빠는 걸어 내려왔다.

양, 소, 타조가 있었다. 소의 얼굴은 _____다.

타조는 항문에서 혀? 가 나온다. 문화적 충격이다

아빠가 힘드셔서 끝까지 걸어서는 못 내려 왔지만 정말 재미있었다. 삼양목장 짱!

2017년 10월 8일　　　　　　　　날씨: 굿~

제목: 인민군의 제 3땅굴

오늘 제3땅굴 관광을 갔다.

도라산역 -> 도라 전망대 -> 제3 땅굴 -> 통일촌이다.

역에는 통일 되면 와서 찾아볼 것을 숨겨놓았다.

꼭 통일이 되기를.

도라산 전망대 너머로는 로켓맨의 땅이다.

올 때마다 보이는 철조망을 확 뚫어 버리고 싶었다.

너무 답답하다. 드디어 제3땅굴 올라오는 사람들을 보니 죽을상이다.

인민군 3만 명을 1시간에 이송 가능한 엄청난 굴이다.

발견 안했으면...

기념품도 샀다. 정말 최고의 날이다. 연도 날렸다.

연과 함께 내 꿈도 날아간다. 연아 우주

끝까지 가자 (위장주의)

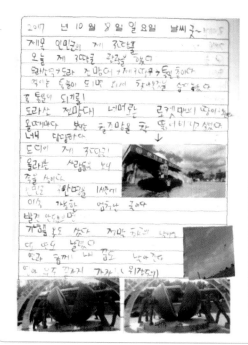

숨은 나 찾기

내가 어디 있을까?

Chapter 3

독후감 & 논술

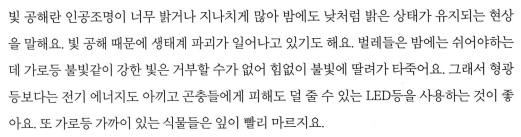

책 제목 : 빛 공해

지은이 : 곽민채

쓴날짜 : 2021년 9월 19일

제목 : 빛 공해를 줄이고 생태계를 보호하자!

빛 공해란 인공조명이 너무 밝거나 지나치게 많아 밤에도 낮처럼 밝은 상태가 유지되는 현상을 말해요. 빛 공해 때문에 생태계 파괴가 일어나고 있기도 해요. 벌레들은 밤에는 쉬어야하는데 가로등 불빛같이 강한 빛은 거부할 수가 없어 힘없이 불빛에 딸려가 타죽어요. 그래서 형광등보다는 전기 에너지도 아끼고 곤충들에게 피해도 덜 줄 수 있는 LED등을 사용하는 것이 좋아요. 또 가로등 가까이 있는 식물들은 잎이 빨리 마르지요.

콩과 들깨 같은 음식은 보기에만 좋지 열매를 많이 품지 못해요. 꽃과 나무들도 계절에 상관없이 꽃과 잎이 피고 수명도 짧아져요.

생태계에는 낮과 밤에 사냥하는 동물들이 따로따로 있어요. 그런데 불빛 때문에 밤낮 없이 사냥하다 보면 먹잇감이 빠르게 줄어들어서 생태계가 무너지는 거예요. 그렇게 되면 우리조차 살 수 없게 되지요. 관광용으로 동굴 안에 세워놓은 가로등으로 박쥐도 살 곳을 잃어가고 있어요. 생태계는 하나가 무너지면 다른 것도 무너지는 도미노와 같은데 인간이 개발한 편리함으로 인간까지 무너질 수도 있어요. 자동차 불빛으로 인해 앞을 못보고 생명을 잃거나 팔 다리를 다치는 등 끔찍한 사고도 일어나고 있어요.

요즘에는 도시의 환한 불빛 때문에 밤에도 별이 잘 보이지 않아요. 별을 보려면 사람이 많이 없는 시골로 가야하지요. 저는 깜깜한 게 무섭고 싫어 환한 불빛을 좋아했는데 동물들의 한숨과 신음소리를 그동안 듣지 못했었나 봐요.

빛 공해는 키가 크는 것도 방해해요. 불빛 때문에 잠을 자지 못하면 기운이 없고 피로가 쌓이게 되요. 그래서 키가 작아지지요. 이렇게 모두에게 피해를 주는 빛 공해를 줄이기 위해서 우

리가 할 수 있는 방법!

첫 번째, 밤에는 전등을 끄거나 그 수를 줄여요.

두 번째, 농작물, 가축 등에게 빛을 오랫동안 비추지 않아요.

세 번째, 조명을 설치할 때 위치와 장소, 각도를 꼼꼼히 신경 써요.

네 번째, 생태계에 피해가 적으면서 에너지를 잘 낼 수 있는 고효율 제품을 사용해요.

다섯 번째, 야생동식물이 사는 곳과 가까운 곳에 조명을 달지 않아요.

이처럼 우리가 빛 공해를 줄이고 생태계를 보호하기 위해 할 수 있는 일들은 여러 가지가 있어요. 이제는 우리가 직접 실천하는 일만 남았어요. 빛 공해를 줄이고 생태계를 보호하는 길은 바로 '우리'예요. 우리 함께 빛 공해를 줄여 생태계를 지켜요.

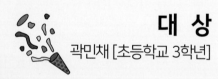

대 상

곽민채 [초등학교 3학년]

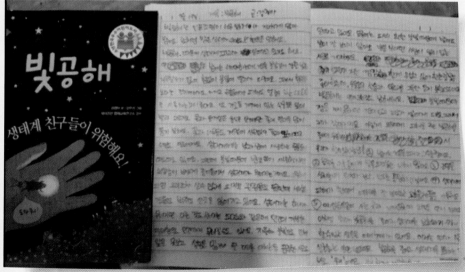

제목 : 죄와 벌

저자 : 도스토예프스키

오늘은 "죄와 벌 " 이라는 책을 읽었다.

이 책은 주인공 라스콜리니코프라는 사람의 사고방식에 의해 일어나다.

라스콜리니코프는 특★한 사람은 비범인, 평범한 사람은 범인이라고 생각한다.

그리고 자기 자신도 비범인이라고 생각한다. (　)<- 범인은 싫어서 그런건가? 그런 생각에 의해 절도와 살인을 저지르게 된다.

그리고는 벼락(　)경관에게 자수를 하고 형을 위해 시베리아로 떠나게 된다.

물론 가기 전에 4거리 바닥에 (땅에)키스를 하고 사람들에게 손이 발이되도록, 닳도록 용서를 빌었다.

그러나 그냥 보면 미(x)놈이다.

여기까지만 보아도 이해하기 너~무 어렵다.

그런데 여기서 진리를 찾아낸 라스콜리니코프!

"행복은 고통을 통해 얻는 것" 크~ 명언이다.

어렵지만 진리를 추구하는. 흔한 소설에 종교적, 사회적, 철학적 문제를 끌어들이는 출시되자마자 대박난 소설이라고 한다.

이것은 마치 레미제라블!

아직 내가 이해하기에는 너무 힘든 소설이다.

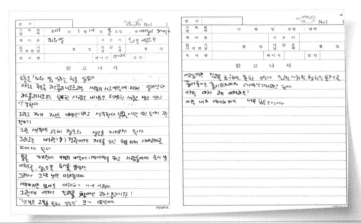

제목 : 청소년을 위한 이기는 대화법(Chepter 1)

1. 말은 자기를 표현하는 최고의 수단이다.

이 책에서 중한 말들

 1) 상대에게 돋보일 요령이 있는 대답을 찾아라.

 2) 자신만의 트레이드마크를 내세워라.

 3) 친근감과 정감이 있는 인사로 시작한다.

2. 내가 지켜야 할 말들

 1)말을 할 때 계획성을 가져야 한다.

 2)말을 할 때 흥분하지 않기.

 2)말을 너무 빨리 하지 않기.

대화할 때 마음가짐

  거짓을 말하지 않고 불확실한 사실을 확실하게 말하지 않는다.

  상대와 동고동락한다.

  칭찬의 말을 아끼지 않는다.

  대화는 좋은 뜻으로 시작해서 호감을 남기는 작업이다.

제목 : 홍당무

홍당무라?

당근을 홍당무라고 한다.

1. 책이 나온 계기

　쥘 르나르의 불운했던 어린 시절을 바탕으로 만들어진 작품.

　운 없는 사람은 참 많다.

2. 내가 생각하는 홍당무의 모습 [아래그림 참조]

3. 어울리는 배우

　해리포터의 로위즐리의 배우

4. 이 책을 읽은 나의 느낌

　홍당무는 어렸을 때부터 차별을 받으며 자랐다. 그래도 르픽부인은

　홍당무를 진심으로 사랑하기에 그러는 게 아닐까?

　그러기에 조금 더 특별하게 키우는 것이 아닐까?

　그래도 사랑한다는 것과 거리가 가깝지는 않다. 차별을 받으며 사랑과

　미움을 받다니, 참 미스터리한 아이다. 그리고 구박 속에서도 꿋꿋이

　버틴 홍당무는 참 대단하다.

5. 모습변화 예상

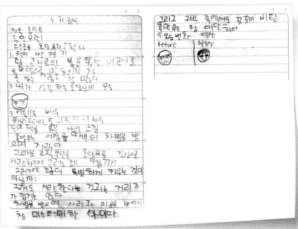

제목 : 타이거수사대 시즌4

 내가 이 책을 접하게 된 계기는 이름에 Tiger(호랑이)가 들어가서 제목이 멋있어서 읽게 되었지만 어느새 책 속에 푹 빠져있다.

등장인물은 에이미, 루크, 폴이다. 이 셋은 언제나 멋지게 사건을 해결한다.

각자 자기 특징에 맞는 별명을 가지고 있다.

루크: 슈퍼맨, 에이미:명탐정,

폴:천재 과학자 이다.

이런 별명은 기분이 나쁘지는 않을 것 같다. 또한 이 책은 시리즈이므로 한 권씩 읽어 나가는 재미가 있다. 다음 권이 언제 나올지도 기대되는 책이다.

해리포터와 같은. 한번 빠지면 나오기가 어려운 흥미진진한 책이다.

시리즈 많이 많이 나오길 기대한다.

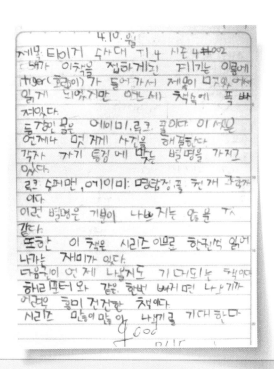

제목 : 신통방통 사자성어

주인공 가온이의 성격

소심하고 소극적이다. 부끄럼도 많이 탄다. 그러나 외유내강한 아이이며 사자성어를 잘한다.

별명 : 사자성어 박사

2. 용감해진 이유

현장체험 학습을 갔다가 상민이를 만나고 용기의 별배지를 받게 되어

자신감이 생겼다. 이것은 다 사자성어 덕이다. 역시 외유내강한 가온이!

3. 내가 부러운 점

나는 자신감은 많지만 한자, 사자성어에 취약하다. 그래서 가온이가

실제로 존재한다면 사자성어를 배우고 싶다.

4. 이 책에서 알게 된 사자성어

1) 외유내강 : 겉은 약하지만 속은 강하다.

2) 동병상련 : 같은 처지일수록 불쌍하게 느

껴짐

제목 : 방귀쟁이랑은 결혼 안 해

1. 등장인물 : 금동이, 윤이나 선생님

2. 금동이의 꿈 변천사

금동이는 원래 윤이나 선생님을 좋아했다.(유니나, 계단청소업체는 나만 생각나나?_부연설명:사는 집 계단 청소업체가 유니나이며 계단 현관에 스티커가 붙어 있어 늘 보던 상호임)

그러나 선생님은 방귀쟁이라는 것을 알게 되어 중대한 고민(?)에 빠진다.

그러나 선생님이 결혼하면서 선생님이 결혼했고, 원래 결혼할 수 없었다는 팩트 폭력에 시달리게 된다.

  1학년은 모른다. 냉혹한 현실을, 그리고 우리나라를

3. 금동이네 가족

금동이는 할머니, 아빠와 산다. 엄마는 아빠가 돈을 못 번다고 집을 나갔다.

돈을 못 버는 이유는 금동이네 아빠가 술을 마시고 도박을 한다.

아빠 나빴다.

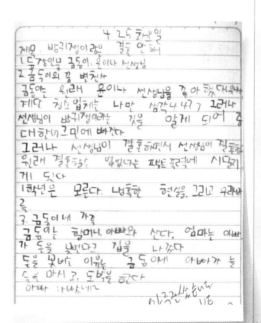

제목 : 시간 먹는 시먹꺼비

이 책을 읽기 전에 시먹꺼비가 뭐냐고 물어보는 사람이 있을 것이다.

시먹꺼비는 좋은 시간을 먹는 우리 기준에서는 생물이다.

그래도 먹고 살아야 하니 어찌할 수는 없다.

시간을 먹는 능력도 신기한데 시간을 밥이라고 한다.

안 좋은 시간은 느리게 가고, 좋은 시간이 빨리 가는 것을 이 책에서는

시먹꺼비로 표현했다. 시먹꺼비, 실제로 존재한다면 너를 잡고 말겠어!

그러면 좋은 시간도 느리게 가겠지?

2. 시먹꺼비 현상수배.

제목 : 셰익스피어 아저씨네 문구점

이 책에 나오는 명언

"상상력은 미술과 같다" "우정에는 단맛도 있고 쓴맛도 있다."

"책은 지식의 보물창고이다"

"태풍은 무섭지만 곧 지나간다."

"눈에 보이는 것으로는 모든 것을 알 수 없다."

"진실은 반드시 이기게 되어 있다."

2. 셰익스피어는 누구일까?

직업: 극작가, 시인

주 작품 : 4대 비극 (햄릿, 오셀로, 멕베스, 리어왕 등)

생년 : 1564

태어난 곳: 영국 잉글랜드 에이번 강변

플러스 : 셰익스피어는 8째고 그 누나가 세상을 떠나 다섯 남매의 장남이다.(헉!) 일곱 남매라니! 요즘에는 상상도 안 된다.

제목 : 스펀지

책 소개 : 이 책은 일상의 궁금증을 실험으로 풀어주는 답답한 숨을 뻥 뚫어주는 사이다 같은 책이다.

제일 재미있던 실험,TOP 3

1 st 토끼의 코에 소나무 기름을 바르면 자기 새끼 남의 새끼 구분 못한다.

2 st 로미와 줄리엣은 맨손으로 밥을 먹었다.

3 st A와 B의 교집합을 북한에서는 A와 B의 사귐이라고 한다.

 +보너스+

타조는 귀가 [　　　]에 있다.

기린의 혀는 [　　　]이다.

원숭이는 사람의 [　　　]을 따라 한다.

제목 : 아홉 살 인생

등장인물 : 백여민, 신기종, 장우림

요약 : 9살 여민이가 가난이라는 것을 경험하며 생기는 여러 가지 딱한 일들 모음

 * 주 의 *

이 책에는 욕이 많이 나오니 읽을 때 주의 요망

내가 붙인 다른 이름 : 범죄와 인생 (life and crime)

이유 : 이 책에는 여러 가지 범죄가 나온다.

선생님 : 폭력, 아이가 쓰러질 때까지 매질을 함.

산지기 : 성폭력, 말 안 해도 아는 성폭력.

그런데 !

사람은 죄를 범하지 않고 인생(삶)을 살 수 있을까요?

논술

제목 : 기회주의

얼마 전에 학교 선생님께서 기회주의에 대해 말씀하셨다. 그때의 상황은 선생님께서 계시지 않는 점심시간 이후 쉬는 시간에 우리 반 친구들이 시끄럽게 뛰어다니거나 친구들과 이야기를 나누었고 코로나 시대에 해서는 안 될 행동을 했기에 회장과 부회장이 그런 행동을 막았다. 하지만 친구들은 회장이나 부회장 말을 듣지 않고 계속 그렇게 행동하였고 나중에 선생님께서 오셨을 때에 비로소 조용히 하고 뛰어다니는 것을 멈추었다. 이러한 상황을 얼핏 보면 당연한 일처럼 보일 수 있지만 이러한 상황은 기회주의 때문에 일어나는 현상이라고 선생님께서 말씀해주셨다.

여기서 기회주의란 그때그때의 정세에 따라 행동하는 것을 뜻한다. 즉, 나와 동급인 상대의 말을 무시하고 나보다 힘이 세고 상급인 상대에게는 복종한다는 뜻이다. 이 상황에서는 친구들이 학급 임원이고 나와 친구이기도 한 상대를 무시하고 윗사람인 선생님의 말씀은 따른다는 것이다.

이 기회주의가 전혀 심각하지 않다는 생각이 들 수 있다. 하지만 나는 이러한 상황이 심각하다고 생각한다. 이것은 어쩌면 조선시대 때 관직, 권력을 얻으려고 높은 관직의 관리에게 뇌물을 바치는 행동과 같다고 생각된다. 따라서 이 기회주의가 심각해진다면 다른 사람을 생각하지 않고 이기적으로 행동하며 사익만 추구하는 세상이 올까 하는 혹시 모른 생각도 들게 한다.

대부분에 사람들은 기회주의라고 생각한다. 하지만 그 강도에 따라서 문제점과 심각성이 달라지는 것이다. 그 강도가 심해지지 않기 위해선 다른 사람의 말을 귀담아 듣고 상대방의 기분과 입장을 생각해 말해야 할 것이다. 앞에 제시한 사례는 그다지 심하지는 않은 사례이지만 이러한 문제점이 커질 수 있는 가능성은 충분하다고 생각한다. 오늘부터 상대방의 말을 존중하고 귀담아 듣는 그런 좋은 습관을 만들어서 서로 존중하는 세상을 만들어보자.l

날씨 : 하늘이 울다 그친 날

제목 : 수업시간에 왜 화장실에 가느냐?

 오늘은 수업시간에 자꾸 화장실 가는 누군가가 있어서 수업시간에 왜 화장실에 가야 하는 지가 글쓰기 주제로 나왔다.

나는 왜 수업시간에 화장실에 가는지 이해가 안 된다. 쉬는 시간에 가면 되는데 안 가고 가겠다고 하는 것은 잘못되었다고 생각한다.(쉬는 시간에 가고도 마려우면 계속 참으면 되는데 (나는 2시간 동안 화장실 가고 싶은 거 수업시간이라 참았다.)

그리하여 해결책을 아래와 같이 하였다.

1. 화장실은 쉬는 시간에 미리 갔다 오기.

2. 무지무지 급할 때만 말하기(그래도 참거나 ㅋㅋ)

 수업시간에 화장실 가면 수업이 중단되고 다른 사람이 불편하다. 계속 수업이 진행되면 선생님의 소중한 지식을 놓칠 수 있다.

제목 : 자동차가 달린다

자동차가 씽씽 쌩쌩 달린다.

엑셀을 밟으면 자동차가 앞으로 나아간다.

브레이크를 밟으면 자동차가 멈춘다.

고속도로는 자동차가 빠르게 달릴 수 있는 길이다.

자동차의 장점은 사람들이 빠르게 먼 곳으로 갈 수 있다는 것이고,

단점은 사람들이 죽거나 다치고 환경이 오염될 수 있다는 것이다.

그렇지만 나는 자동차가 필요하다고 생각한다.

안전하게 자동차를 이용하기 위해 많은 연구가 필요하다.

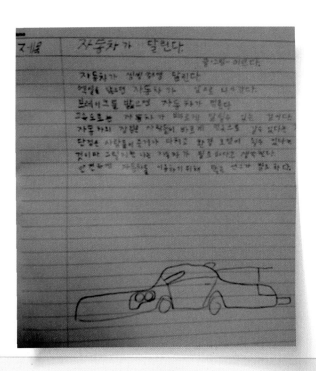

Chapter 4 주제 제시

주제
제시

밥

손톱보다

작은 쌀들이

모여서

나를 배부르게

하는 것처럼

작은 힘들을 모으면

큰일을 할 수

있지 않을까?

제목 : 봄

어느 봄날 나는 길가를 걸어가고 있었다. 탁 핸드폰이 떨어졌다. '에혀'
라고 생각하며 슥~ 다시 집어 들었다. 띵~ 알림이 울렸다. 메시지가 와 있었다. 이렇게 쓰여 있었다. [봄날]에 들어오신 걸 환영합니다. [봄날]에서 깨어나고 싶으 실 땐 병아리와 고양이가 사는 문을 여세요.

'……? 이게 무슨 소리지? 병아리와 고양이? 보낸 사람 번호가 …… 없다!?' 그 수상쩍은 문자는 발신 번호도 없고 너무 수상쩍어서 차단했지만 다음날 똑같은 일이 일어났다. 난 이제 무서워지기 시작했다.
그 뒤로 내 번호도 바꾸고 핸드폰도 바꾸고 별짓을 다 해봤지만 똑같았다.
그러다 나는 문득 깨달았다. 벚꽃나무 아래에서만
알림이 울린단 걸. 그리고 문을 열었다. 그 문은 보였다. 병아리와 고양이가 그 문에 있었다.
그 문은 10분 동안 날 봄날로 데려다 주었다. 마치 내게도 판타지가 일어난 것처럼.

제목 : 비

비 비 비 비

비 비 비 비

비가 온다.

비 비 비 비

비둘기가 운다.

비 비 비 비

세상 모든 소리가 전부 '비'다.

비 비 비 비

아함~

내 알람 소리

제목 : 비

주룩주룩 비가 내린다.

귀여운 아이들은 빗물 고인 웅덩이에서

첨벙첨벙 꺄르륵

추적추적 비가 내린다.

끈적끈적 창문에 기대어

지글지글 엄마가 전 굽는 소리를 노래삼아

눈을 감는다.

투두두둑 밖으로 나가

어깨에 살포시 얹어보는 빗방울

그 빗방울은 오늘 더 차갑다

제목 : 밥

윤기가 자르르 흐르는 밥

9월 5일 엄마의 기분은 양호임

오늘의 밥은 된 밥

엄마가 정신없이 바쁜 날

제발 내일은 탄 밥은 아니길 ……

그래도 엄마가 해준 밥이 제일

좋다!

주제: 나이 서른 살 나의 모습 상상하기

내가 서른 살이면 어른이 되었을 것이고, 키는 한 165Cm에

만화 작업을 열심히 하고 있을 것 같다.

그때 만화가로 유명해져 있으면 참 좋겠다.

그리고 언니랑 같이 살고 있을 거 같다.

언니는 꿈이 뮤지컬배우이니까 일이 없을 때는 집안일은 언니가 하고 ㅋㅋ

왜냐하면 웹툰 작가는 밥 먹는 시간 빼고 계속 만화를 그려야 하니까 ㅎㅎ

음, 그때쯤 코로나가 없어지면 언니랑 일본 여행도 가고 싶다.

언니도 그림에 관심이 많으니까 같이 일본에서 만화에 대해 공부도 하고.

내가 이렇게 서른 살에 나의 모습을 상상해 보니까

재미있기도 하고 벌써 그러고 있는 거 같아서 기분 좋았다.

11월 8일 화요일   날씨: 영상5도 핫팩은 좋은 선택!

제목 : 외국인에게 우리나라를 소개해 준다면?

오늘 외국인에게 우리나라를 소개해 준다면? 이라는 주제로 글을 쓴다.
나는 제일 먼저 우리나라의 궁궐 경복궁(景福宮)을 먼저 소개해 주고 싶다.

경복궁의 광화문(光化文)과 같이 말이다.
이유는 우리에게 잘 알려진 우리나라의 궁궐중 하나인 경복궁이고, 내가 미술학원에서 그리는 그림도 경복궁이기 때문이다. 그림으로만 보아도 서양의 궁궐 못지않게 웅장하고 으리으리하다. 불에 탔지만 복원된 숭례문처럼 경복궁이 타지 않기를

보너스로 두 번째 장소를 쓴다.

두 번째는 전주 한옥마을이다.
전주에서 옛날의 한옥(韓屋)을 보고 외국인은 한국의 집을 더 자세히 알 수 있을 것이다. 양옥만큼 높지는 않지만 그래도 우리 조상들의 지혜가 돋보이는 멋진 한옥이다.

세 번째는 역사와 옛날 전통을 보았으니 이번에는 풍경! 바로 동강래프팅이다. 험난할 것 같지만 잔잔한 물에서 노를 저으며 풍경을 감상하는 여유! 중간에는 가다가 잠시 쉬며 전도 먹는 즐거운 여행이 될 것이다. 차로 못 들어가는 멋진 절벽과 두꺼비바위 등을 보는 것은 좋은 기회도 될 것이다.

네 번째는 정선 레일바이크이다.
자전거처럼 페달을 밟으며 앞으로 나아가는 레일바이크! 메뚜기 카페와 어름치 카페도 유명한 곳이다. 시골의 벼와 옥수수 등도 보고 연인이 있으면 2인용, 가족과는 4인용 바이크를 타고 신나게 달리면 시원해진다. 올 때는 풍경열차로 풍경을 즐길 수 있다.

마지막 다섯 번째는 대관령 삼양목장! 양, 타조, 소 등 여러 동물과 보더콜리의 양몰이 공연!(개도 영어를 한다) 그리고 높디높은 전망대 위는 안개가 끼지 않으면 동해가 보인다고 한다. 가보기는 하였지만 안개가 껴서 동해는 보지 못했다.

이 5곳의 명소! 외국인도 꼭 봐야 한다.
우리나라의 많은 명소에 자부심을 가지자

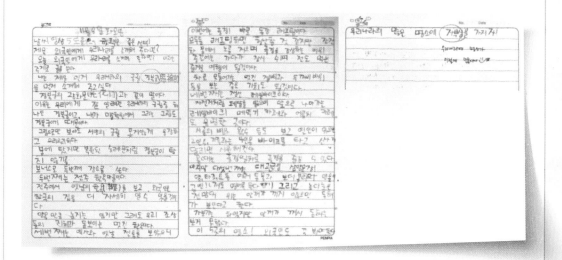

[주제] 우리 부모님이 좋은 10가지 이유

나의 엄마, 아빠가 좋은 이유는

1.엄마는 날 매일 꼬~옥 안아주신다.

2.아빠는 가끔씩 업어주셔서 좋다.

3.엄마는 요리를 진짜 잘 하신다.

4.아빠는 손재주가 좋으셔서 고치는 걸 다 해주신다.

5.엄마는 안 꾸며서 좋다. 다른 엄마들처럼 꾸미지 않아도 예쁘시다.

6.아빠는 컴퓨터 박사처럼 컴퓨터를 잘 하셔서 물어볼 때 좋다.

7.가끔 언니랑 싸울 때 내 편을 들어주면 좋다.

8.친절하고 다정하시다.

9.날 진심으로 사랑하는 게 느껴진다.

10.내 꿈을 응원해 주셔서 좋다.

내가 이 글을 쓰고 느낀 점은 부모님이 좋은 이유가 너무 많다는 걸 알게 됐다.

10가지도 훨씬 넘는데 오늘은 여기까지...

부모님이 좋은 이유를 생각해 보게 되어서 좋았다.

종달이는 진짜 나빴다(최종달 진짜 나빴다)

닭장에 갔다.

종달이를 불러보았다.

종달아~

최종달~

종달이는 나를 못 알아봤다.

한 마리가 쳐다봐야하는데

여러 마리가 쳐다봐서 슬펐다.

갑자기 또르르 눈물이 흘렀다.

다음날도 닭장에 갔다.

근데 또 종달이가 나를 못 알아 봤다.

......

아무래도 종달이라는 이름을 가진 닭이 많은 것 같다.

종달이가 나를 아무리 몰라봐도

내 마음속에는 어릴 적 키우던

귀엽고 재빠르고 동생 같던 종달이가 마음속에 남아있다.

창작 동시

비

봄에 내리는 비는 톡톡

나무들 그만 자고 일어나라고 톡톡톡톡

여름에 내리는 비는 쏴쏴

나무들 더우니까 시원하라고 쏴쏴쏴쏴

가을에 내리는 비는 탁탁

나무들 알록달록 예뻐지라고 탁탁탁탁

겨울에 내리는 비는 토닥토닥

나무들 따뜻하게 코 자라고 토닥토닥

한 살 더 먹고 또 만나자.

비야!

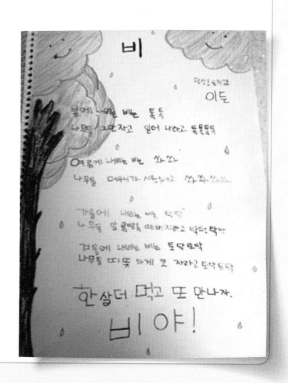

소나기

전쟁이 시작되었다.
소나기 총이
와다다다다
투둑투둑투둑
공격을 한다.

나는
얍!
뱅글뱅글뱅글

우산 방패로
막아낸다.

해가 떠오르면
전쟁도 끝이 난다.

바닷가의 소라게

파도에 휩쓸려 여기까지 온 소라게
어디서 왔니?
집게발로 대답해주렴
바위틈 속으로 들어가지 말고
나랑 놀자

제목 : 시험

두근두근 시험 날 후덜덜..

떨리는 시험 날 100점일까? 10점일까?

100점이었으면 좋겠다.

오예!! 100점이다!!

하늘에 날아갈 것 같은 좋은 기분. 아, 70점. 짝꿍이 아쉬워하는 소리.

괜찮아. 응원해주는 나.

다른 친구들도 같은 소리. 역시 시험 날은 시끄러워.

제목 : 흥겹다

오늘도 흥겨운 날.

콧노래가 이리로 저리로 나온다.

아침에는 너무너무너무너무 피곤하지만,

낮이 되면 흥겹다. 저녁이면 숙제산 ……

밤이면 피곤, 아침도 피곤, 낮은 흥겨운 시간!!

나는 낮을 좋아한다. 낮은 흥겨운 시간

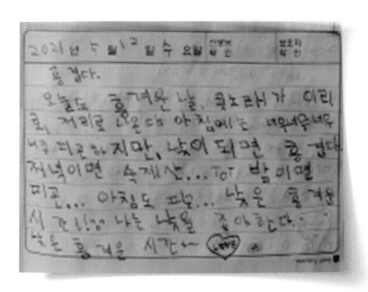

감

나무에 감이 주렁주렁

백구가 감 달라고 멍멍!

떫은 감 하나 먹더니 안 먹겠다고 멍멍!

옆에 있던 아기도 감 달라고 응애응애

옆에 있던 백구가 안 된다고 멍멍!

지나가던 아저씨가 사이좋게 먹으라고

잘 익은 감 따주네.

맛있다고 아기가 씨익

맛있다고 백구가 멍멍!

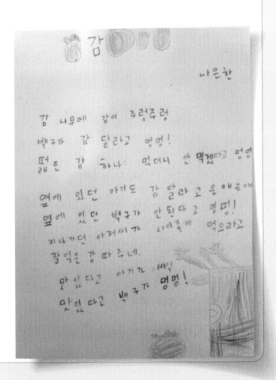

겨울

따뜻하고 바스락 바스락 소리 들려오는

가을이 지나고 겨울이 오네

뿌드득 뿌드득 겨울눈 밟는 사람들의 발소리

으악! 눈싸움하다 눈에 맞은 아이들의 소리

으싸~ 눈사람 쌓으려고 눈덩이 만드는 아이와 어른

쌩쌩 겨울바람 불어오는 겨울

눈싸움, 눈사람 쌓기… 겨울에는 많은 소리를 들을 수 있구나

뿌드득, 으악~ 으⊠~, 쌩쌩…

겨울에는 많은 소리를 들을 수 있구나

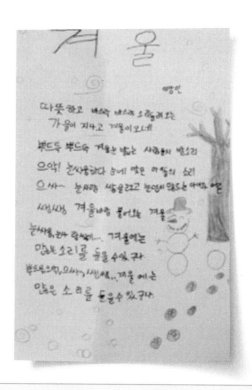

우리★

우리는   도와줍니다

우리는 손을   내어줍니다

우리는함께   놉니다

나는   외롭습니다

우리는 외로운 친구를 외면하지 않습니다

우리는   먼저   손을   내줍니다

먼저 손을 내주는 사람이 좋은사람입니다.

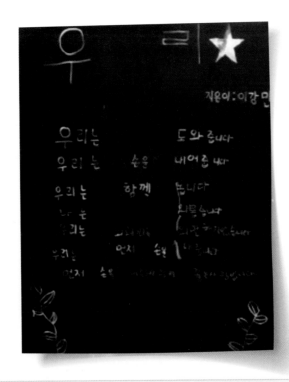

동무동무 내 친구

동무동무 내 친구

피부색이 달라도 동무동무 내 친구

다른 나라에서 와도 동무동무 내 친구

같은 학교 안다녀도 동무동무 내 친구

다른 나라에 가도 동무동무 내 친구

모두 동무동무 내 친구

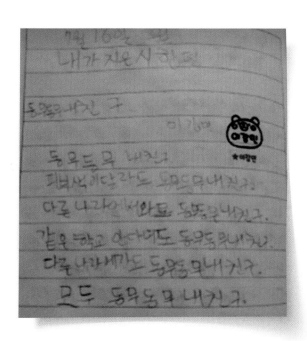

사계절

꽃이 무럭무럭 자라네

아주 큰 나무들도 무럭무럭 자라네

봄이 왔나봐

이번엔 너무 덥고 이글이글해

꽃들도 시들시들 여름이 왔나봐

어? 이번엔 사람들이 추수를 하네?

벌써 가을인가 봐

와! 눈이 내린다!

무척 하얀 눈이 내려

아이들이 눈사람도 만들고

눈싸움도 하네

벌써 겨울인가 봐

친구

친구친구 우린 다 내 친구

친구친구 하늘도 내 친구

친구친구 땅도 내 친구

친구친구 동물들도 내 친구

친구친구 곤충들도 내 친구

친구친구 우리 모두 내 친구

비염 해도 해도 너무해!

나의 화창한 아침
시작은 비염

내 숨을 막는 아주 답답한 것도
비염
비염 해도 해도 너무해!

코를 풀어도 풀어도 남아있는 건
비염
비염 해도 해도 너무해

추석

왜 푸른 시골이 아닐까
다들 그런 걸 떠올리던데

왜 제사도 안 지내고 달맞이도 안 할까
다들 그런 걸 배우던데

왜 전통의 느낌이 안 날까
한가위인데

그래도 괜찮다. 감사하다.
모두의 얼굴을 볼 수 있음에

마스크처럼

위기를 기회로 바꾸자

코로나 19 바이러스 덕분에 필수품이

되어버린 마스크처럼

어딜 가든 필요한 사람이 돼보자

21세기 거의 모두가 가지고 있는 스마트폰처럼

요리할 때 꼭 필요한 음식처럼

앞으로의 나는 위기를 기회로 바꾼 마스크처럼

어딜 가든 필요한 스마트폰처럼 살아가보자

해바라기

노랑노랑 꽃잎이

살랑살랑 바람이

해바라기의

중심을 콕콕 찌르는 듯이...

해바라기의 꽃잎을 흔들어놓네

해바라기의 꽃잎이 다 떨어지네

한송이 한송이 ……

바닥을 치며 흙에 덮여 세상을 떠나

다시 꽃으로 태어나

사람들에게 기쁨을 주는 해바라기

다시 새로운 친구를 만났다...

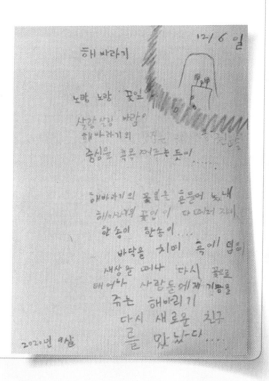

-구름-

저 파란 하늘을 보면

저 구름 꽃이 아닐까?
꽃이면 예쁠 테고

저 구름 토끼가 아닐까?
토끼면 귀여울 테고

저 구름 솜사탕이 아닐까?
솜사탕이면 달콤할 테고

저 구름도 이 구름도
정말 신기한 구름

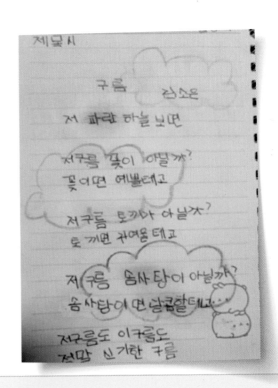

-손바닥과 손등과 같은 누나와 나

손바닥과 손등은 항상 붙어있네

슬플 때도

좋을 때도

화났을 때도

항상 붙어있네

누나랑 나처럼.

누나랑 나도 손바닥과 손등처럼

뗄 수 없는 관계!

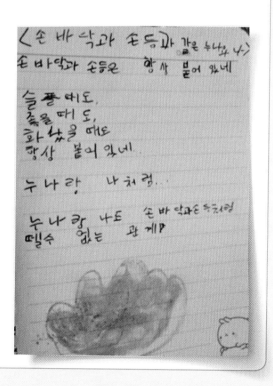

선물

상자 안에 뭐가 들어있을까?

멋있는 로봇이 들어있을까?

예쁜 인형들이 들어있을까?

새 킥보드가 들어있을까?

작은 레고들이 있을까?

재밌는 장난감은?

아니면 색연필?

사인펜?

무엇이 들었을까?

설레는 마음으로 상자를

뜯어보는데

안에는 따뜻한

엄마의 마음이

들어있다.

나에겐 소중한

엄마의 마음

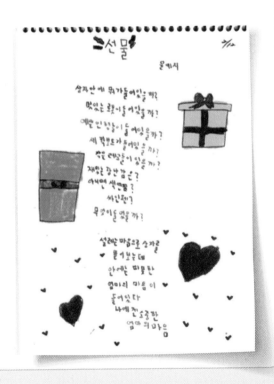

하늘

하늘은 어쩔 땐 밝고
어쩔 땐 어두워진다.

사람의 기분도 어쩔 땐 밝고
어쩔 땐 어두워진다.

우리의 삶은 밝거나
혹은 어둡기도 하다.

우리는 어두울 때 전기를 사용해
밝게 만들 수 있다.

사람의 기분도 밝아지고
어두워지지 않았으면 좋겠다.

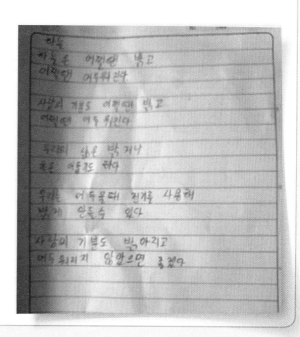

일상

부스스, 내 머리에 새집이 하나 있다.

간밤에 새가 들어 왔나?

꼬르륵, 배가 고프네

"엄마! 밥 좀 주세요~"

"학교 다녀오겠습니다."

시간이 팽이처럼 빙글빙글 돈다.

학교 학원 빙글빙글 돈다.

머리도 빙글빙글 돈다.

하루가 번개처럼 지나간다.

쌔근쌔근 웃으며 꿈나라로 간다.

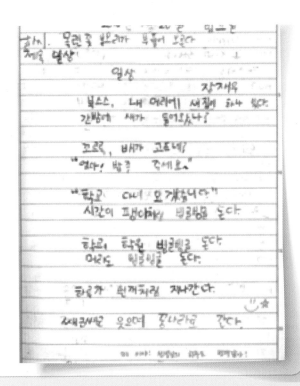

창작
동화

제목 : 꿈나라의 엘리스

아침이다. 파랑새가 노래를 부르고 반짝거리는 하늘,

난 오늘도 꿈을 꿨다. 어제 무서운 좀비 영화를 봐서 그런지 꿈속에서 좀비가 나왔다. 결국에 는 물린 걸로 끝나긴 했지만 참 대단했다. 실감나는 영화를 봤을 때보다 꿈속에서는 그 실감이 진짜처럼 느껴진다. 영화를 봐도 실제 영화를 봐도 가짜같이 느껴진 영화가 내 꿈속으로 들어 오면 누구든 속을 만한 현실적인 것으로 만들어진다.

꿈속에선 일어나지 않는 일이 일어난다. 예를 들어선 오늘 꾼 좀비 ······

그리고 귀신같은 것 말이다. 난 늘 끝장을 보고 일어난다. 언제는 꿈인 것을 알아낼 때도 있다. 원감선생님께서는 "그건 천재만 알아 낼 수 있는 거야"라고 말해 주셨지만 나 역시 천재는 아 니다. 늘 수학문제집 많이 틀리고 사회도 많이 틀리기 때문이다.

꿈속에서는 내가 아닌 다른 사람이 될 때도 있다. 꿈이란 가짜를 현실로 만들어 주는 거랄까... 아님 내가 한 작가가 되어 꿈을 만들고 있는 것일까. 꿈나라 속 안에 난 엘리스가 되어 탐험을 하고 있다. 엘리스처럼 해결하고 좌절하곤 하지만 엘리스는 늘 성공하고 만다.

나도 그런 걸까? 우리가 지금 꾸는 꿈은 한 동화이고 난 그 꿈을 만드는 작가이자 주인공이다. 우리는 주인공인 엘리스이다.

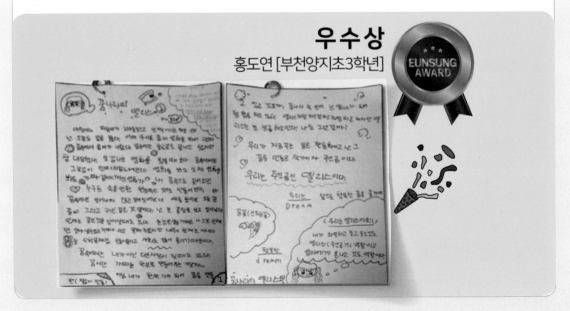

우수상
홍도연 [부천양지초3학년]

제목 :

달토끼와 별자리

우주에는 별자리를 만
드는 달토끼가 있어요.
그리고 함께 만드는 은
하북극여우가 있지요.

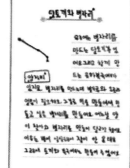 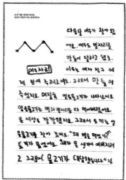 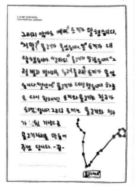

별자리를 만드는데 별가루와 오로라 얼음이 필요해요. 그걸로 떡을 만들어서 만들고 싶은 별
자리를 만들어요.

어느 날 양이 찾아와 별자리를 만들어 달라고 했어요. 이유는 밤에 심심해서 잠이 안 온대요.
그래서 토끼와 북극여우는 만들어 주었어요.

다음날 여우가 찾아 왔어요. 여우도 별자리를 만들어 달라고 했죠.

이유는 여자 친구에게 보여 주려고요. 그래서 만들어 주었지요.

며칠 후 얼음물고기가 나타났어요. 얼음물고기는 별과 별자리를 다 먹어버렸어요.

온 세상은 깜깜했지요, 그래서 토끼는 얼음물고기를 찾아 갔어요.

"왜 별을 먹었니?" 토끼가 물었어요.

"내가 못 생겨서 예뻐지려고 그랬어." 물고기가 대답했습니다.

"넌 그러지 않아도 예뻐." 토끼가 말했습니다.

"정말?" 물고기가 물었습니다.

"응!" 토끼가 대답했습니다.

"고마워!" 물고기가 말했습니다.

"그럼 별과 별자리를 돌려줄래?" 토끼가 물었습니다.

"알았어." 물고기가 대답했습니다.

하늘은 다시 환해지고 토끼와 물고기는 친구가 되었답니다. 그리고 토끼는 물고기와 친구가
된 기념으로 물고기자리를 만들어 주었답니다.

제목 : 날다람쥐

어느 깊은 숲속에 다람쥐가 살고 있었다.

다람쥐의 이름은 '다람이'이다. 어느 날 다람이는 점심으로 도토리를 찾고 있었다.

도토리를 두세 개쯤 찾았을 때 신기한 도토리를 발견했다. 색은 분홍색이고, 반짝 반짝 빛이 났다. 다람이는 '먹지 말고 그냥 놔둘까?'하고 생각했는데 도토리에서 너무 맛있는 냄새가 나서 그만 먹어버렸다.

"어?! 어?! 으아아아악!" 다람이는 비명을 질렀다. 잠시 후, 다람이가 눈을 떴을 때 깜짝 놀라고 말았다. 왜냐하면 날개가 생겼기 때문이다. "으아아아악!" 다람이는 믿을 수 없었다. 마음을 진정시키며 친구 버드네 집에 갔다. 다람이는 차근히 자기가 있었던 일들을 설명했다. "그래서 말인데, 나는 법 좀 알려줄래?" 다람이가 물었다.

"뭐, 어려울 건 없지~"버드는 다람이에게 하늘을 나는 법을 알려주었다. (몇 시간 후)

"하나, 둘, 셋! 우와~ 성공!!!" 드디어 다람이는 날게 되었다.

다람이는 버드에게 고맙다고 한 뒤, 집에 가서 가족들에게 이 사실을 알렸다. 그 소문은 숲속에 퍼지기 시작했다. 다람이는 날개로 여기, 저기를 날아 다녔다. 바닷가에 가서 모래성도 쌓고, 수영도 하고, 꽃게 친구들과 재미있게 놀았다. 툰드라에 가서는 눈사람을 만들고 놀았지만 오래 할 순 없었다. "여긴 너무 추워! 내 취향이 아니야!" 다람이는 야구장도 가 보고, 영화관도 가보고. 박물관도 가보고. 학교도 가보고 그리고 대형마트도 가봤다. 다람이는 작아서 사람들 눈에 띄지 않았다.

다람이에게는 두 살 더 많은 오빠 '다돌이'가 있었다. 다돌이는 다람이를 질투했다. "치! 나도 날개 갖고 싶은데 …… 아! 날개를 잘라서 내 등에다가 붙이면 나도 날 수 있을지 몰라!" 다돌이는 필통 속에서 가위를 꺼내 다람이가 자기만을 기다렸다. (30분뒤) 다돌이는 다람이가 자는지 몇 번이나 확인한 뒤 가위를 들어서 다람이 등에 있는 날개를 잘랐다. 싹뚝! 싹뚝! "다됐다!" 다돌이가 작은 목소리로 말했다. 그리고 다람이가 방에서 천천히 빠져나왔다. 그리고 자기 방에 가서 날개를 자기 등에 붙였다. 다돌이는 집 앞의 나무로 올라갔다.

"하나! 둘! 셋!" 다돌이가 뛰어 내렸다. 하지만 떨어지고 말았다. 그렇게 다돌이는 크게 다쳐 응급실에 실려 가게 되었다. 다람이는 다돌이가 다친 게 슬펐지만 자신의 날개가 없어졌다는 사실이 더 슬프기도 했다. 하지만 다돌이가 다람이의 날개의 모든 부분을 자른 것은 아니었다. 팔과 옆구리 부분에 남긴 것이다. 다람이는 예전에 버드가 날던 모습이 떠올랐다. 버드는 가끔 나무에서 옆 나무로 이동 했을   때 아주 짧게 날았던 것을 기억했다. '그래도 날개가 조금은 남아 있으니 버드가 했던 것처럼 나무에서 옆 나무까지 아주 짧게 날 수 있지 않을까?' 다람이는 생각했다. 다람이는 자기가 생각한 방법이 맞는 방법인지 확신이 들지 않아 나무 밑 주변에 푹신푹신한 목화를 깔아 놨다. 그리고 나무 위로 올라가 자세를 잡은 다음 뛸 준비를 했다. "하나! 둘! 셋!" 다람이는 옆 나무로 이동했다. "우와! 성공했다!" 다람이는 기뻤다. 그리고 시간이 흘렀다. 어느 날 어떤 사람이 숲속에서 길을 잃었다. 그 사람은 숲속을 계속 돌고 돌다가 다람이를 발견했다. "우와! 다람쥐에게 날개가 있다니!" 그 사람은 사진을 많이 찍었다. 다람이는 지금 그 사람이 길을 잃고 있었단 걸 알았다. 다람이는 바닥에다가 막대기로 '저를 따라오세요'라고 썼다. 그 사람은 깜짝 놀랐지만 다람이를 따라 갔고 밖으로 나올 수 있었다. 집에 도착하자마자 그는 SNS에 다람이 사진을 올렸고 다람이를 '날다람쥐'라고 이름을 붙여 주었다. 그 소문이 퍼지고 퍼지고 하다보니 어떤 사람들은 '하늘 다람쥐'라고도 불렀다. 이렇게 해서 날다람쥐가 생긴 것이다.

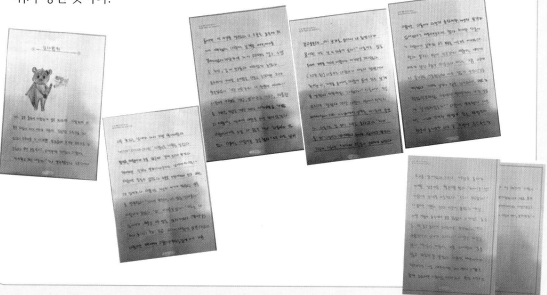

제목: A와 H

에이는 ADHD라는 장애가 있다.

에이는 장애 때문에 친구가 없다.

선생님도 에이를 싫어하는 듯했다.

그래서 에이는 집에서 함께 사는 강아지가 친구라고 생각을 한다.

에이는 학교에 가기를 싫어한다.

에이는 엄마에게 말한다.

"엄마, 저 오늘만 학교를 안 가면 안 될까요?"

"안 돼 학교는 가야지!"

엄마가 대답했다.

"휴, 네"

에이는 무거운 발걸음을 떼었다.

교실에 들어가자 시끌벅적하던 교실이 한순간에 조용해졌다.

"......"

에이는 조용히 자신의 자리에 앉았다.

그러자 평소에 자신의 장애를 가지고 에이를 괴롭히던 에프가 와서 에이를 괴롭혔다.

'오늘도 시작이네'.

수업시간이 되자 에프와 그의 무리들은 자리로 돌아갔다.

수업이 끝나자 점심시간이 되었다.

아이들이 우르르 모여 식당에 들어갔다.

에이는 오늘도 똑같이 맨 뒤에서 천천히 왔다.

그러곤 가장 구석진 곳에 앉았다.

오늘도 에이는 혼자서 밥을 먹었다.

집으로 돌아온 에이는 학원으로 가야한다.

학원도 재미없기는 마찬가지다.

친구도 없고 선생님도 에이를 싫어하는 것 같다.

"엄마 학원 안 가면 안 돼요?"

"안 돼! 학원은 가야지"

엄마의 대답은 항상 같다.

에이는 할 수 없이 집을 나섰다.

학원에 가니 어떤 예쁘게 생긴 한 여자아이가 있었다.

그 아이의 이름은 에이치였다.

에이치는 예쁘고 상냥하고 친절했다.

에이치가 말했다.

"선생님~저기 앉은 아이 이름이 뭐예요?"

"누구를 말하는 거니? 아, 쟤는 에이인데 친구하기 어려운 아이란다."

에이치는 에이에게로 와서 물었다.

"안녕? 넌 이름이 뭐니?"

"응? 내 이름? 난 에이야.."

에이가 대답했다.

"멋진 이름인걸!"에이치가 말했다.

"어서 돌아가, 이러다가 너까지 혼나."

에이가 말했다.

"내가 왜 혼나?"

에이치는 에이에게 물었다."그야,나랑 있으니깐."

에이가 말했다.

"너랑 있는 게 잘못은 아니잖아?"

에이치가 말했다.

'맞아, 왜 나와 있으면 혼날까? 그게 잘못도 아닌데'

에이는 생각했다.

에이치는 조잘조잘 에이에게 말을 걸었다.

에이도 그게 좋았는지 웃음이 났다.

다음날.

학교에 가니 에이치가 반에 있었다.

에이치는 웃으면서 인사했다.

"안녕? 좋은 아침이야 에이"

"응 좋은 아침이야 에이치"

아이들은 신기한 듯 둘을 바라보았다.

에이와 에이치는 함께 수업을 듣고 함께 점심도 먹었으며 학원도 같이 가며 우정을 쌓았다.

에이는 이제 학교와 학원가는 게 싫지 않았다.

친구가 생긴 에이는 너무 행복했다.

어느 날

엄마가 말했다.

"안 좋은 소식이야 엄마 직장 때문에 이사를 가야해.

너도 학교를 옮겨야 한단다.이 말에 에이의 심장이 철렁-하고 내려앉았다.

에이치랑 헤어져야 한다니!!

다음날 학교에서 에이치를 만났다.

"에이치!! 나 이사 가야해서 우리는 같은 학교를 다니지를 못한데. 니가 무척 보고 싶을 거야.

내 이름을 궁금해 해준 친구는 에이치 니가 처음이거든 잘 지내 에이치 다시 만나자."

하지만 10년이 지나도록 둘을 다시 만날 수가 없었다.

강아지를 좋아했던 에이는 공부를 열심히 해서 수의사가 되었다.

어느 날 예쁘게 생긴 여자가 치와와 한 마리를 데리고 동물병원에 들어왔다.

"이 치와와는 이름이 뭐에요?" 에이가 물어보았다.

"얜 에이라고 해요. 보고 싶은 친구이름을 붙였어요"

"하하. 제 이름과 똑같군요. 저도 에이에요"

"......"

"혹시 ○○동네에서 살지 않았어요?" 그 여자가 에이에게 물어보았다.

"네! 맞아요. 거기 어렸을 때 살다가 이 동네로 이사 왔었어요."

에이가 대답했다.

"…… 혹시 이름이 에이치?"

에이가 물었다.

"맞아요. 어떻게 아셨어요! 당신은 내 친구 에이에이치이니??"

그 여자는 바로 에이치였다.

"응"

에이가 대답했다.

에이와 에이치는 너무 기뻐했다.

둘은 다시 둘도 없는 친구가 되었다.

에이와 에이치는 서로 사랑에 빠져 결혼을 하였다.

A와H 동물병원에서 A라는 치와와와 H라는 고양이를 함께 기르고

그 둘은 아주 행복하고 기쁘게 살았다.

-THE END-

  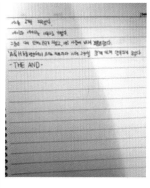

제목 : 지렁이와 제이

제이는 특별한 취미가 있다
땅을 손으로 파서
땅속을 구경하는 놀이다.
땅을 파면 지렁이가 나온다.
그 지렁이는 제이의 첫 친구이다.
심심할 때 같이 놀고 힘들 때 위로도 해줬다.
제이는 지렁이를 보기 위해 매일 땅을 판다
다른 친구들은 제이에게 말한다.
"제이는 너무 더러워 "
"쟤랑 놀면 나도 더러워지겠다. 으웩. "
하지만 제이는 별로 신경 안 쓴다.
'내가 좋아하는 건데 나는 내 친구를 만나려고 하는데…… .
사람들의 시선이 뭐가 중요해 '
제이는 매일 이런 생각을 하며
더 열심히 땅을 파서 땅속을 구경한다.
제이가 집으로 돌아왔을 때
엄마아빠는 말한다.
"얘야 제발 땅 좀 파지마
너무 더럽잖니 "
제이는 이런 잔소리와 온갖 비난에도
하루하루 땅을 파며 관찰했다
다음날
제이는 학교에서도 운동장에 나가
풀숲에 있는 땅을 팠다.

오늘은 땅에 지렁이가 있다.

비가 와서 인가 보다.

갑자기 지렁이 위에 발이 올려지더니

그 발은 지렁이를 밟았다.

범인은 제이를 매일 괴롭히는 톰이다.

"톰, 지렁이한테 사과해. "

"싫은데 내가 왜?

지렁이한테 왜 사과를 하냐? 큭큭 "

"톰, 니가 잘살고 있는 지렁이를 죽였잖아

네가 잘 살고 있었는데 갑자기 누구에게 밟혀 죽으면 어떻겠니?

지렁이는 내 친구란 말이야 "

"쳇, 알았어. 지렁아 미안, 됐지?"

"고마워, 톰 "

수업종이 울렸다.

제이는 지렁이를 보며 미안하다고 꼭 묻어 주기로 약속을 하고 교실로 돌아왔다.

제이는 수업이 끝나고 바로 지렁이를 보러 뛰어갔다

하지만 지렁이는 사라진 후였다.

제이는 이리저리 살피고, 운동장 전체를 찾아봤지만

지렁이는 없었다.

그 순간 제이는 울음을 보였다

그리고 다짐을 했다.

나는 꼭 지렁이를 찾아서 묻어주겠다고,

제이는 다짐한 순간부터 지렁이에 대한 지식들을

혼자 차근차근 알아갔다.

제이는 비 오는 날 다시 지렁이를 찾기로 결심했다.

다음날, 하늘이 제이의 바람을 들어줬는지,

하늘에선 빗방울이 하나둘씩 떨어져 내렸다.

제이는 노란 우비와 노란 우산을 들고

지렁이를 찾으러 운동장으로 뛰어갔다

운동장에 가보니, 지렁이는커녕 개미 한 마리도 없었다.

제이는 포기하지 않고 열심히 지렁이를 찾아 헤맸다.

제이가 땅만 보다 걷다가 그만 나무에 부딪혔다.

앞을 보니 처음 보는 풀숲이 있었다.

소나무들이 쭉쭉 뻗어있었고.

새들과 동물들은 노래를 하고 있었다.

제이는 눈앞에 펼쳐진 광경을 보며 신기한 눈빛으로 동물들을 보았다.

제이가 발걸음을 떼자 동물들의 소리가 들려왔다.

먼저 새가 말했다.

"얘들아, 인간이 왔다 !! 어서 피해!"

다음 동물들이 말했다.

"새 말이 맞아! 인간들은 우릴 죽인다고 !! 어서 피해 !! "

제이는 당황한 얼굴로 말을 했다

"동물들아, 나는 인간은 맞지만 너희를 해치러 온 게 아니란다.

나는 단지 지렁이 한 마리를 찾고 있었어"

"정말 해치지 않는 거지?"

"당연하지! 혹시 내 친구 지렁이를 찾는데 도와줄 수 있니?"

제이가 말했다.

동물들은 끄덕거리며 제이를 보고 따라오라고 하였다

동물들을 따라가 보니 죽은 지렁이가 있었다.

제이는 울며 말했다.

"흑흑 지렁이야 이제 와서 미안

많이 무서웠지? 정말 미안 지렁이야 …… "

제이는 동물들에게 정말 고맙다며

인사를 나누고 죽은 지렁이를 묻어주었다.

"지렁아, 잘 지내 내 친구 때문에

너가 죽은 게 너무 미안해 정말 미안해 지렁아

이 무덤에서 잘 지내. 내가 계속 놀러올게! 나의 친구가 되어주어서 고맙고 미안해 지렁아 "

그 후 제이는 매일 지렁이를 보러 왔다.

20년 후 제이는 땅에서 사는 곤충을 관찰하는 직업을 가졌고,

제이는 아들 데니와 함께 지렁이의 무덤에 찾아갔다.

지렁이의 무덤에선 백합이 자라났다.

데니가 물었다.

"아빠? 지렁이를 보러 온다더니 꽃이 있네요? 지렁이는 어디 있어요?"

"아빠의 친구 지렁이는 이제 꽃이 되었단다. 백합꽃으로 변했어.

백합 꽃말이 뭔지 아니 데니야?

백합에 꽃말은 당신과 함께라면 이란다. 아빠는 지렁이랑 친구여서 기쁘고 또 행복했단다.

지렁이가 많이 보고 싶구나 …….

제목 : 새빛회사

등장인물: 김기찬, 이희주, 강민지, 유소라, 전지훈, 이다경, 김소라

"야 ! 김기찬 빨리빨리 안 일어나 ! 김소라 너도 빨리 일어나 학교 또 지각 할라 !"
'또 시작이다. 엄마의 잔소리 1 단계, 2 단계, 3 단계까지 가기 전에 막아야 한다 '
"엄마 알겠어, 빨리 준비할게. "
"흥, 얼른 준비해 "
'휴 2, 3 단계는 막았다 '
"엄마 먼저 회사 간다. "
"네. "
새빛초등학교, 우리 학교 이름이다. 교실에 들어서니 보이는 내 친구들, 이희주, 강민지, 유소라, 전지훈, 이다정, 그리고 내 동생 김보라, 우리는 7 총사다. 자리에 앉자 수업 종소리가 들리고, 교장쌤의 훈화 말씀이 방송됐다. 언제 들어도 졸린 교장쌤의 훈화 말씀이 끝나고 담임선생님의 잔소리가 이어졌다. 그렇게 학교에 있는 4시간이 4일 같았던 시간이 끝나고, 친구들과 아쉬움을 뒤로하고 집으로 소라와 같이 왔다. 그리고 집, 학원, 집, 학원, 집, 학원을 돈 뒤 집에서 씻고 소라와 밥을 먹었다. 엄마, 아빠는 늦고 우리는 먼저 잠자리에 누웠다.

그리고 7총사 채팅에 올렸다" 나도 회사 가고 싶다 " 라고 그러자 애들도 "나도"라며 글을 달았다. 그리고 나와 소라는 잠이 들었다.
그리고 잠이 깼다. '역시 오늘도 엄마의 잔소리가 있겠지' 하고 나갔는데 이게 무슨 일이람?
엄마가 나와 소라에게
"우리 딸, 아들 회사 잘 다녀와" 라고 했다.
그제야 우리는 상황 파악이 되었다. 그리고 우리는 7총사에게 이 말을 전해주었다.
그런데 7총사도 이미 알고 있었나보다 그리고 초등학교에 갔는데 새빛회사라는 로고가 붙어 있었다.

그리고 거기서 우리 7총사를 만나 회사의 각자의 자리로 갔다. 그리고 시작된 사장, 부장님의 잔소리가 시작되었다.

교장쌤의 훈화 말씀보다 더 지루했다

일은 더 재미있을 거라고 생각하고 재미있게 시작했는데….

회사의 생활은 상상과는 달랐다

그리고 홍과장, 이과장들의 실력자들에게 이리 치이고 해서 더 힘들었다.

다른 아이들도 마찬가지인 것 같았다.

그제야 우리는 서서히 알았다. 우리가 원하는 세상이 아니라는 것을 말이다.

그리고 우리는 속으로 말했다 '다시 학교 가고 싶어'

그리고 다시 회사에서의 생활을 끝내고 집으로 와 잠이 들었다.

그리고 깨니 반가운 엄마의 잔소리가 들렸다.

우리는 그제야 모든 것이 꿈이라는 것을 알았다.

"야호!"

"어머 애네가 왜 이래?"

"너희 빨리 학교 안가?"

"네 ~ 다녀오겠습니다."

오랜만에 교장님의 훈화 말씀이 신이 났다. 그리고 잔소리도 재미있었다.

나는 이제부터 나의 일에 최선을 다할 거다

이제는 부모님, 어른들이 말한다. "아이로 돌아가고 싶어!!"

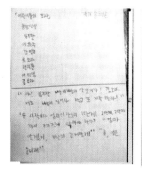
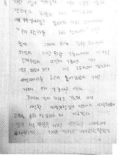

제목: 유니와 꽃게

바다에 갈 때 나는 아쿠아리움에 가곤 했다.

어느 날 나도 바닷가에 너무 가고 싶어서 엄마, 아빠한테 떼를 써서 바다에 갔다. 난 바다에 들어갈 수 없기 때문에 모래사장에서 모래성을 쌓아 올리고 있었다. 부모님이 먹을 것을 사 오시는 동안 나 혼자 모래사장에서 놀고 있었다. 그때 갑자기 바닷물에 들어가보고 싶은 생각이 들어서 나도 모르게 한걸음, 한걸음 바다 쪽으로 걸어가 보았다. 몇 걸음 걸은 후 고개를 들어 보니 수많은 갈매기들이 앉아서 쉬고 있는 곳이 보였다. 그 주변에 문이 하나 있었다. 그 문은 엄청 크고 반짝 반짝 거리는 아주 좋은 집에 있을 것 같은 문이었다. 그리고 그 문 중앙에 '꿈의 세계'라고 적혀 있었다.

나는 고민하지 않고 그 문을 열어 보았다. 그랬더니 물이 양쪽으로 갈라지면서 길이 생겼다. 유니는 너무 좋아 길을 따라 걸어가 보다가 힘들어서 앉아 있을 때 오른쪽 물기둥 안에서 유니보다 더 큰 꽃게가 나와 유니를 등에 태우고 갈라진 길을 기어가 주었다. 유니는 꽃게 등에 올라타서 좋아하는 각종 생물들을 구경할 수 있었다.

아주 느린 거북이, 어른도 무서워하는 상어, 귀여운 펭귄, 묘기 천재 돌고래 유니는 정말 행복했다.

유니는 갑자기 너무 오래 멀리까지 왔다는 생각이 들어 꽃게한테 다시 데려다 달라고 부탁했다. 꽃게는 그 신비한 문까지 유니를 데려다 주었다. 유니가 문을 열고 나오니 유니를 찾고 있는 부모님을 발견하였다. 유니가 겪었던 일들을 부모님께 말씀드렸더니, 부모님은 믿지 않으셨다. 그래서 부모님과 함께 신비한 문으로 같이 가 보았는데, 문은 사라지고 없었다. 유니가 꿈을 꾼 걸까? 저 멀리 큰 꽃게가 유니에게 집게를 흔들고 있었다.

수필

제목 : 행복의 하얀 꽃

눈이 오는 날이 참 반갑다.
눈을 뜨고 아침을 맞이할 때 창문을 바라보는 순간, 눈이 소복이 쌓여 있으면 왠지 모르게 그냥 기분이 정말 좋다.

마치 하얗고 아름다운 눈이 나의 아침을 반겨 주는 것처럼 말이다.

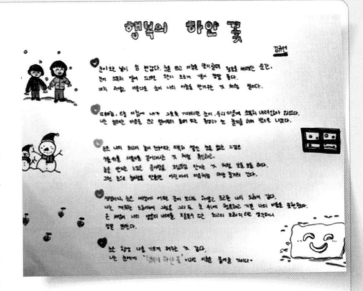

때마침, 오늘 아침에 내가 그토록 기다리던 눈이 우리 마을에 소복이 내려앉아 있었다.
나는 설레는 마음을 안고 벌써 부터 들떠있는 동생과 눈 놀이를 하러 밖으로 나갔다.

눈은 나의 최고의 놀이 친구이다. 소복이 쌓인 눈을 밟는 느낌은, 구름 위를 사뿐사뿐 걸어 다니는 것처럼 폭신하고, 눈을 만지는 느낌은 솜사탕을 조심조심 만지는 것처럼 보슬보슬하다.
그런 눈으로 눈사람을 만들면 어린아이 마음처럼 마냥 기분이 좋아진다. 정말이지, 눈은 세상에 어떤 종이보다도 하얗고 포근한 나의 도화지 같다.

나는 깨끗한 도화지에 그림을 그리듯 눈 위에 행복하고 즐거운 나의 마음을 표현했다.
온 세상이 나의 상상의 나래를 펼칠 수 있는 최고의 도화지라고 생각하니까 정말 설렌다.
눈은 항상 나를 기쁘게 해주는 것 같다.

나는 눈에게 '행복의 하얀 꽃' 이라고 이름을 불러주고 싶다.

제목 : 60초면 할 수 있는 일 　　　　　　날짜 : 2021년 6월 15일 화요일

박수 치기 5초, 창문 열기 10초, 화장실 양보하는데 5초, 식물에게 물 주기 10초, 문 닫는데 3초, 문 여는데 3초, 자리 양보하는데 5초, 인사하는데 5초, 무거운 짐 들어주는데 10초.
이 배려 1분이면 가능합니다.
모두 1분 안에 다 할 수 있습니다. 1분간에 배려 한번 실천해 보아요.

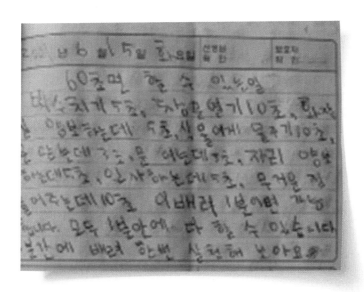

【은성문고】 어린이작가 공모전 심사평

    글을 잘 쓴다는 것은 자신의 생각을 잘 표현한다는 말입니다. 자신의 생각을 잘 표현하려면 우선 논리적인 사고력과 풍부한 상상력을 가지고 있어야 합니다. 그러나 이런 논리적인 사고력과 풍부한 상상력은 하루아침에 생겨나는 것이 아닙니다. 이것은 많은 글을 읽고 여러 가지 생각을 하면서 얻어지는 것입니다. 우리가 잘 알고 있는 에디슨이나 뉴턴 같은 과학자들은 자신의 주변에서 일어나는 모든 일에 대해 그냥 지나치는 법이 없었습니다. 이러한 호기심은 우리 생활뿐만 아니라, 글을 쓰는 데에도 많은 도움을 줍니다.

    2021년에 처음으로 시행한 경기콘텐츠진흥원 후원의 【은성문고】 '어린이작가 공모전'에는 관계기관에 협조를 구하지 않았음에도 불구하고 170여 편의 작품이 응모했습니다. 일기, 시, 소설, 독후감 등 다양한 형식으로 응모한 작품들 중에는 선생님이나 부모님께서 하라니까 어쩔 수 없이 응모한 작품들이 수두룩했지만 공모전에서 기대했던, 어른들은 미처 생각지 못한, 기발한 상상력에 의한 작품들도 다수가 섞여 있어 우수작품을 선정하는 데에 별 어려움이 없었습니다.

    최우수작으로 선정된 곽민채의 「빛 공해」는 논리가 정연한 독후감입니다. 독서는 간접 경험입니다. 내가 모르던 것을 직접 체험하지 않고도 독서를 통해 알게 된다는 것입니다. 이 독후감을 통하여 화자는 빛이 꼭 이로움만 있지 않고 해로움도 있다는 사실을 간파해 냈습니다. 우수작으로 선정된 백지민(석천초4)의 「자전거 타고 아라뱃길 정복하기 도전!」은 답답하기만 한 코로나19 창궐 시기에 아라뱃길을 자전거로 정복하자는 야심을 일기체로 진솔하게 그렸습니다. 엄마의 제의로 이루어진 이 도전은 결국 실패로 끝나지만 기승전결이 완벽한 글이라 할 수 있습니다. 또 다른 우수작인 「꿈나라의 앨리스」는 짧은 소품에 불과하나 꿈 이야기를 아주 실감나게 풀어놓았고, "우리가 지금 꾸는 꿈은 한 동화이고 난 그 꿈을 만드는 작가이자 주인공이다."라는 구절은 어린이이기에 가능한 진술입니다.

　미디어의 발달과 진화로 독서의 중요성이 많이 반감된 듯 느껴진다 해도 '읽는' 행위와 '쓰는' 행위는 인류가 종말하지 않는 한 지속되리라 믿습니다. 선정된 작품을 쓴 어린이작가에게 축하를, 선에 들지 못한 어린이에겐 위로의 말씀을 전합니다.

　【은성문고】 '**어린이작가 공모전**'이 일회성으로 그치지 않고 지속되길 기원합니다.

심사위원 소설가 **박 희 주**

심사위원 박희주 프로필

1958년 전북 임실의 벽촌에서 3남 3녀 중 넷째로 태어났다. 초등학교 5학년 때 처음으로 시라는 걸 지어봤고 중학 시절엔 예쁜 국어 선생님의 시낭송에 매료되었다. 고등학교 때는 박병순 시조시인의 가르침을 받았으며 대학 시절엔 민족시인 박봉우 선생님을 좇아 무지막지하게 술을 마셨다. 군대를 다녀오고 홀로서기를 꾀하던 때, 동아일보 소설공모전 상금이 탐이 나 응모했으나 본선에 오르는 가능성만 확인. 결혼 후 문학과 별 관계도 없는 직장을 전전하며 틈틈이 시작 활동을 하다가 시집 『나무는 바람에 미쳐버린다』를 내고, 2004년 아내와 사별 후 추모시집 『네페르타리』를 출간하고는 슬픈 노래는 그만 부르자며 소설로 방향을 전환, 이듬해 <월간문학> 신인작품상에 당선되어 정식으로 소설계에 데뷔했다. 소설집 『내 마음속의 느티나무』 『이 시대의 봉이』 『싹수가 노랗다는 말은 수정되어야 한다』 『절벽과 절벽 사이를 흐르는 강』과 장편소설 『사랑의 파르티잔』 『안낭아치』 『나무가 바람에 미쳐버리듯이』가 있다. 부천예술상(문학부문)과 경기도문학상(소설부문)을 수상했으며 2021년 제46회 한국소설문학상을 중편소설 「13월의 여인」으로 수상했으며, 박희주 중편 3선 모음집 『절벽과 절벽 사이를 흐르는 강』은 2021년 한국출판문화진흥원 우수출판 콘텐츠로 선정되었다. 부천문인협회장과 유네스코 문학창의도시 운영위원, 6.15민족문학인남측협회 편집위원을 역임하고 현재 한국소설가협회 중앙위원과 한국문인협회 70년사 편찬위원장으로 있다.

어린이 작가들의 생생한 일기모음

2022년 1월 1판 1쇄 발행

지은이: 본권 장석천 역음 / 부록 장석천

발행인 : 장석천

편집인 : 장석천

펴낸곳 : 은성문고

편집디자인 : 장태화 | www.designdap.com

표지디자인 : 장태화

출판사 등록 : 2021년 8월 31일 | 신고번호 제2021-000066 호

주소 : 14431 경기도 부천시 원종로 40 지하층

전화 : 032)671- 4717

이메일 : friend_book@naver.com

ISBN : 979 -11- 977381- 0- 4

저작권 등록 : 제 C-2022-001145호

어린이가 글을 쓰기위한 자양분은 무엇인가?

일반적으로 글쓰기는 듣기->말하기->읽기 ->쓰기라고 해서 제일 마지막 단계라고 합니다.

즉 들은 것이 없고 읽은 것이 없다면 쓰거나 말 할 것이 없는 것은 당연한 이치입니다. 그리고 저는 여기에 어린이 글쓰기에 중요한 두 개의 단계를 더 추가하고 싶습니다. 하나는 궁금증 해결하기와 다른 하나는 행동하기입니다. 어린이는 누구나 세상에 참 많은 호기심을 가지고 있고 많은 질문을 합니다.

어느 날 초등3, 4학년 되어 보이는 남자아이가 엄마와 아빠가 서점에 들어와서 이리저리 둘러보다가 아이가 "엄마 심리학이 뭐야?" 하고 물어보았습니다.

그때 아빠가 "야 그건 네가 방을 어질러 놓으면 엄마가 너를 혼낼까? 안혼낼까? 를 알아맞히는 거야 "

그러니 아이가 "아~하~" 하고 이해를 하였습니다.

재치 있는 대답을 듣고 자연스럽게 나도 웃음이 나왔으며 한편으론 좋은 아빠를 둔 아이가 부럽다는 생각이 들었습니다. 궁금증에 관한 나의 어린 기억이 있습니다.

초등학교 수업 시간에 선생님은 세계지도를 칠판에 펼쳐놓고 사면이 바다인 이것은 섬이고 (한 곳을 가리키며) 이것은 대륙이라고 하였습니다. 그런데 내가 보기에는 대륙도 사면이 바다였습니다. 그러니까 사면이 바다라서 섬이라는 정의는 어린 나로서는 이해가 가지 않았던 것입니다.

지금도 기억나는 것이 하나 더 있었습니다. 화산폭발에 대한 설명을 하면서 지하에 있는 용암이 지표면의 가장 얇은 층을 뚫고 나와 화산이 폭발하는 것이라고 했는데 화산 폭발을 하는 그림은 전부 다 산꼭대기였습니다. 저는 그것이 궁금했지만, 질문을 할 수 없었습니다. 그것은 저의 소심한 성격이 원인이었겠지만 1970년대 초반 한 반의 인원이 60~70명이나 되었고, 그것도 오전반 오후반이 나누어져 있는 수업 시간에 선생님께 그런 사사로운 질문이 여의치 않은 분위기였습니다.

뒤늦은 이야기지만 그런 소소한 아이들의 호기심을 충족시켜주는 것이 교육이며 어른들의 역할인 것 같습니다.

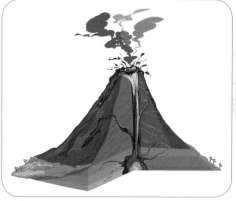

"어린이 작가들의 일기모음"
이렇게 만들어 졌습니다.

손님이 없는 한적한
일요일 오전의 서점

응모

경기콘텐츠진흥원

경기 글쓰기 창작소 공모전

서점에 손님이 없어 한적한 어느 오전에 서점 앞 거리에서 우두커니 지나는 사람들을 보고 있었습니다. 그때 한 젊은 어머니가 어린 아기를 등에 업고 양손에는 가방을 들고 걷고 있었으며 그 뒤에는 대여섯 살 정도 되는 아이가 엄마의 뒤를 따르고 있었습니다. 당연히 엄마의 보폭은 넓고 아이는 작으니 엄마가 네 번 발을 옮기며 걸을 때 아이는 여섯 번을 옮기고 있어 아이만 바쁜 형국이 되어버렸습니다. 아이는 엄마의 뒤를 빠르게 쫓아가는 것에만 온 신경을 쓰면서 걷다가…, 작은 사거리에서 인도의 경계석을 내려오다 그만 아이가 넘어지고 말았습니다. 앞만 보고 걷던 엄마는 아이가 넘어지는 소리에 뒤를 보더니, 큰소리로 야단을 쳤습니다.

그 광경 전체를 목격한 저의 생각으로는 아이가 엄마에게 혼나야 할 상황이 절대로 아니라는 것입니다. 그렇습니다. 엄마는 아이를 이해하지 못하거나 아니면 본인의 힘겨운 삶의 형태를 아이에게 풀어 버렸는지도 모르겠습니다.

이것은 일련의 과정을 제삼자의 눈으로 지켜보게 되어 알게 된 사실일 뿐입니다. 나 역시, 그리고 우리모두가 우리의 아이들을 이런 형태로 꾸짖거나 우리의 보폭으로 아이의 사고를 경직시키지는 않는지 생각하게 되었습니다.

그리고 서점에 와서 동화책을 정리하며 느낀 점은 아이들이 읽은 동화책을 모두 어른이 썼다는 것입니다. 이따금 인터넷 커뮤니티나 SNS에 아이들의 참신한 일기나 시험 문제의 정답이 올라오는 것을 보았습니다.

이런 글들을 모아 책으로 만들고 싶습니다. 아이들이 쓴 글을 아이가 읽어 동질감을 느끼고, 아이들이 쓴 글을 어른들이 읽어 그들을 이해하고…, 아이들도 작가가 되고 책을 낼 수 있다고 생각합니다.

그래서 아이들의 글을 모아 책을 만들 생각을 하게 되었습니다.

아이들도 충분히 작가가 될 수 있다고 생각합니다.

선정

어린이 글쓰기 사전

플로우차트로 익히는

글쓰기 노트

초등학교		학년
반	이름	

1. 글쓰기도 몸 풀기가 필요하다.

자 ~이제부터 글을 쓸 것입니다.

혹시 아빠를 따라서 등산을 가본 적이 있나요?
등산을 가면 모르는 길이라서 아빠를 따라 가지요?
그런데 아빠한테 업혀서 가진 않지요? 힘들어도 직접 걷잖아요.

지금부터 친구들이 쓴 글을 보면서 글쓰기를 할 것입니다.
아빠 따라 등산을 가는 것이라고 생각해요
모르는 길이지만 이 책을 따라 가고 힘든 산길도 직접 걷는 것처럼 쓸 건 쓰
고 모르는 건 물어보고 그렇게 하면 산의 정상에 오르는 것처럼
글쓰기의 정상에 오를 수 있답니다.

2. 플로우차트 활용하기

글을 쓰기 전에 무엇을 써야 할지 생각이 잘 나지 않으면 플로우차트를 활용하세요. **플로우차트란** '순서도'라고 하는데 순서대로 진행되는 것을 표로 만든 것입니다. 그러니까 미리 표를 만들어 놓을 수도 있고 직접 표를 만들어가며 진행 순서를 바꿀 수도 있답니다.

예를 들면,
신발장에 신발을 넣고, 책꽂이에 책을 넣는 것이라고 생각하면 됩니다.

다음 장의 플로우차트를 보면 **일기 쓰기, 기행문 쓰기, 논술** 등의 플로우차트 예문과 플로우차트 노트가 있습니다.

**❝ 글을 쓸 때 무엇을 써야 할지 모르겠으면
플로우차트를 활용하세요. ❞**

플로우차트를 사용하다 보면 어느 순간 플로우차트를 사용하지 않아도
글이 잘 써질 거예요.
그때는 더 이상 플로우차트를 그리지 않아도 됩니다. ☺

플로우차트 활용 2

Chapter 1
일기

일(日, 날 일) 기(記, 기록할 기)

하루에 있었던 일을 기록하는 게 일기입니다.

그럼 하루에 있었던 무엇을 쓸까요?
행동했던 것, 만났던 사람, 먹었던 음식, 기분 등등 어마어마하게 쓸 게 많은
것이 일기랍니다.

세계 역사에서 유명한 일기로
는 여러분 또래의 소녀가 쓴 "안네의 일기"가 있으며
우리 역사에 가장 대표적인 일기는 이순신 장군의 "난중일기"입니다.
외적이 침입하였을 때 우리 나라를 지킨 이순신 장군이
전쟁의 바쁜 와중에도 일기를 꾸준히 썼습니다.

훌륭한 사람이라서 일기를 꾸준히 쓴 것이 결코 아닙니다.
일기를 꾸준히 쓰다 보니 훌륭한 사람이 되는 것이랍니다.

여러분들도 플로우차트 일기 쓰기 노트와 함께
일기 쓰기를 시작해 보아요.

자 ~ 이제 시작하러 갈까요?

이 모든 .., 것을 글로 쓰면 **일기**가 됩니다.

🎙 1형식 일기 쓰기를 예문을 보고 따라 해 보세요.

왼쪽에 검은색 글씨가 질문이고 붉은색 글씨가 답이에요. 오른쪽 네모 안에는 왼쪽의 질문에
답한 빨간 글씨를 이어서 쓴 것이에요. 이해했나요? 일기랍니다.

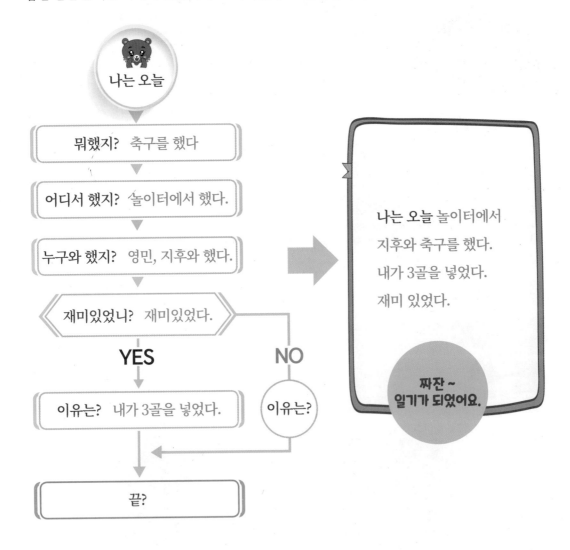

다음 페이지에 플로우차트가 여러 개 있어요. 일기를 쓰기 전에 무엇을 쓸지 잘 모르겠다면 다음
페이지에 있는 노트의 플로어차트에 견본처럼 쓰고 그것을 합쳐서 쓰면 일기가 돼요. 참 쉽죠?

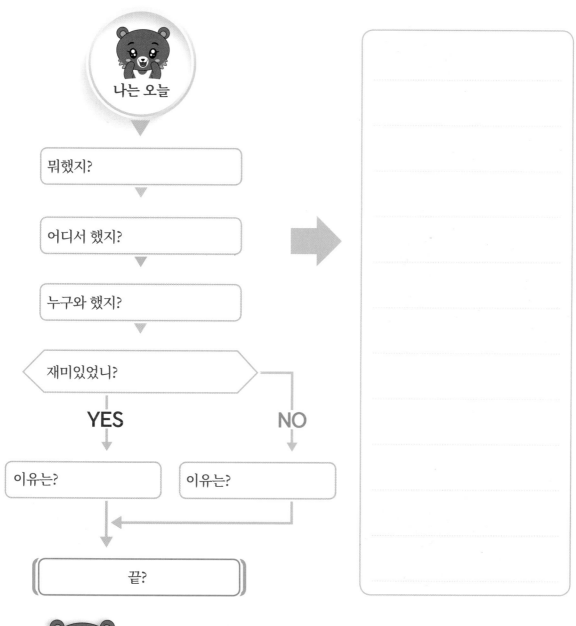

나는 오늘

뭐했지?

어디서 했지?

누구와 했지?

재미있었니?

YES   NO

이유는?   이유는?

끝?

플로우차트의 밑줄에 글을 쓰고 우측 칸에 합쳐서 써보세요.
그리고 일기장에 이 글을 쓰면 일기가 됩니다.
이 플로우차트는 익숙해질 때까지 반복해서 사용하세요.

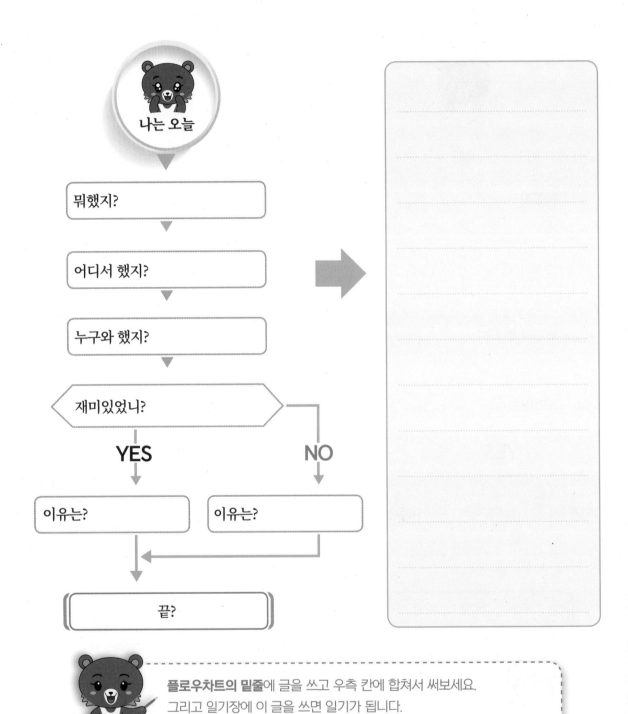

나는 오늘

뭐했지?

어디서 했지?

누구와 했지?

재미있었니?

YES   NO

이유는?   이유는?

끝?

플로우차트의 밑줄에 글을 쓰고 우측 칸에 합쳐서 써보세요.
그리고 일기장에 이 글을 쓰면 일기가 됩니다.
이 플로우차트는 익숙해질 때까지 반복해서 사용하세요.

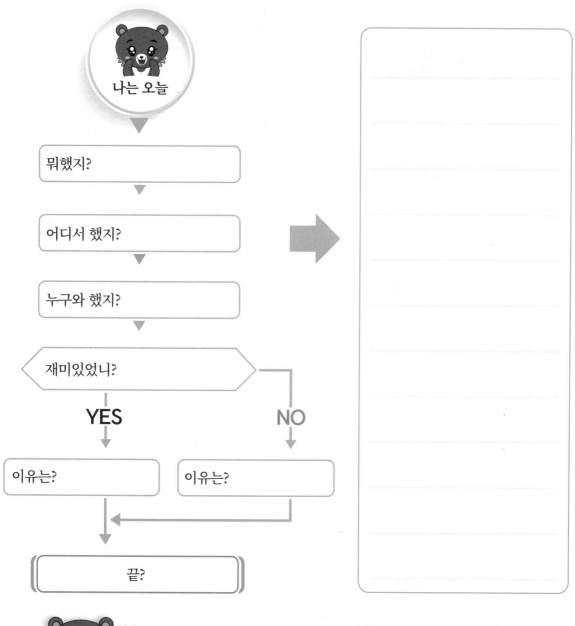

나는 오늘

뭐했지?

어디서 했지?

누구와 했지?

재미있었니?

YES   NO

이유는?   이유는?

끝?

플로우차트의 밑줄에 글을 쓰고 우측 칸에 합쳐서 써보세요.
그리고 일기장에 이 글을 쓰면 일기가 됩니다.
이 플로우차트는 익숙해질 때까지 반복해서 사용하세요.

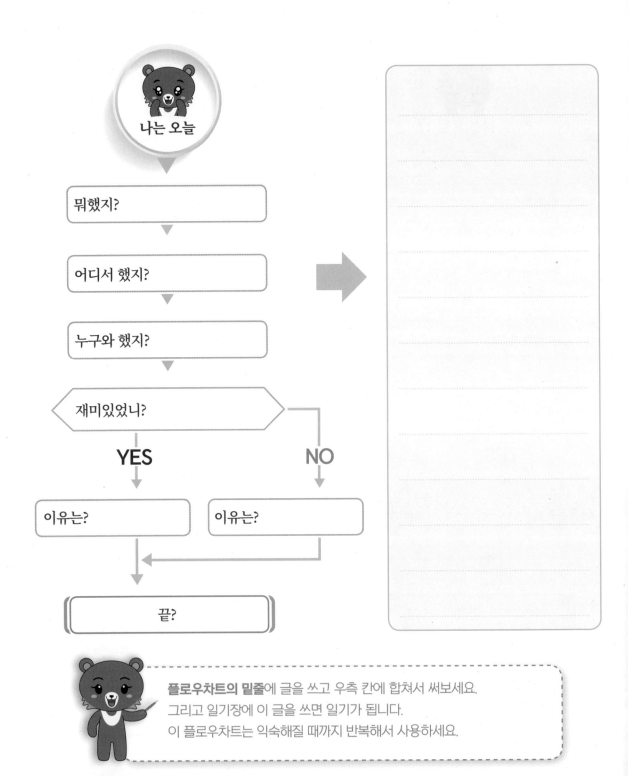

나는 오늘

뭐했지?

어디서 했지?

누구와 했지?

재미있었니?

YES   NO

이유는?   이유는?

끝?

플로우차트의 밑줄에 글을 쓰고 우측 칸에 합쳐서 써보세요.
그리고 일기장에 이 글을 쓰면 일기가 됩니다.
이 플로우차트는 익숙해질 때까지 반복해서 사용하세요.

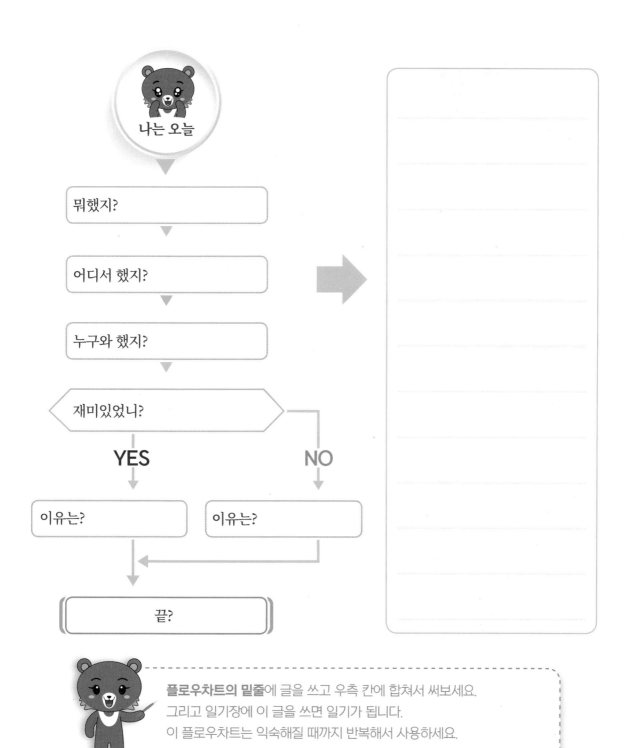

나는 오늘

뭐했지?

어디서 했지?

누구와 했지?

재미있었니?

YES　　　　　　NO

이유는?　　　　이유는?

끝?

플로우차트의 밑줄에 글을 쓰고 우측 칸에 합쳐서 써보세요.
그리고 일기장에 이 글을 쓰면 일기가 됩니다.
이 플로우차트는 익숙해질 때까지 반복해서 사용하세요.

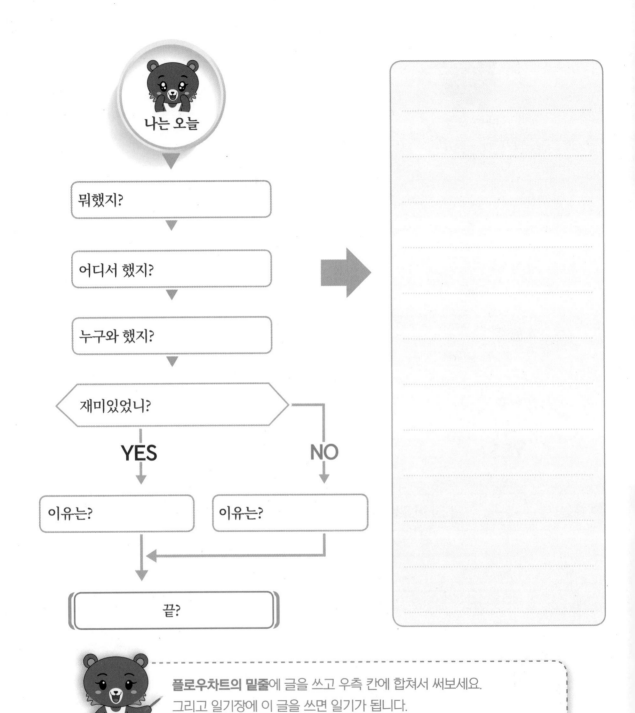

나는 오늘

뭐했지?

어디서 했지?

누구와 했지?

재미있었니?

YES   NO

이유는?   이유는?

끝?

플로우차트의 밑줄에 글을 쓰고 우측 칸에 합쳐서 써보세요.
그리고 일기장에 이 글을 쓰면 일기가 됩니다.
이 플로우차트는 익숙해질 때까지 반복해서 사용하세요.

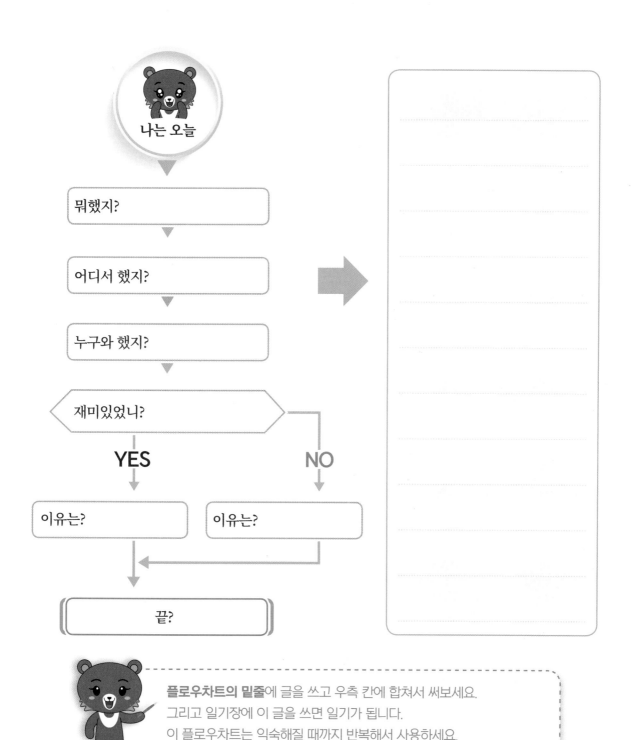

나는 오늘

뭐했지?

어디서 했지?

누구와 했지?

재미있었니?

YES   NO

이유는?   이유는?

끝?

플로우차트의 밑줄에 글을 쓰고 우측 칸에 합쳐서 써보세요.
그리고 일기장에 이 글을 쓰면 일기가 됩니다.
이 플로우차트는 익숙해질 때까지 반복해서 사용하세요.

나는 오늘

뭐했지?

어디서 했지?

누구와 했지?

재미있었니?

YES   NO

이유는?   이유는?

끝?

플로우차트의 밑줄에 글을 쓰고 우측 칸에 합쳐서 써보세요.
그리고 일기장에 이 글을 쓰면 일기가 됩니다.
이 플로우차트는 익숙해질 때까지 반복해서 사용하세요.

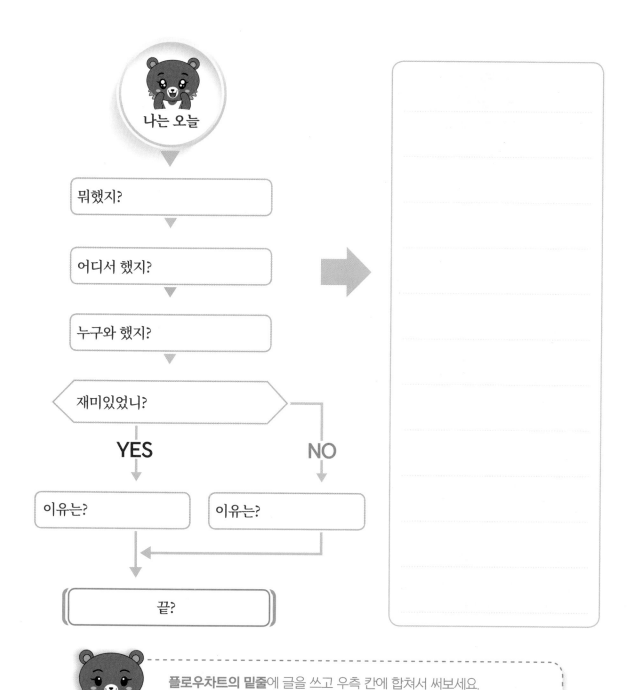

나는 오늘

뭐했지?

어디서 했지?

누구와 했지?

재미있었니?

YES   NO

이유는?   이유는?

끝?

플로우차트의 밑줄에 글을 쓰고 우측 칸에 합쳐서 써보세요.
그리고 일기장에 이 글을 쓰면 일기가 됩니다.
이 플로우차트는 익숙해질 때까지 반복해서 사용하세요.

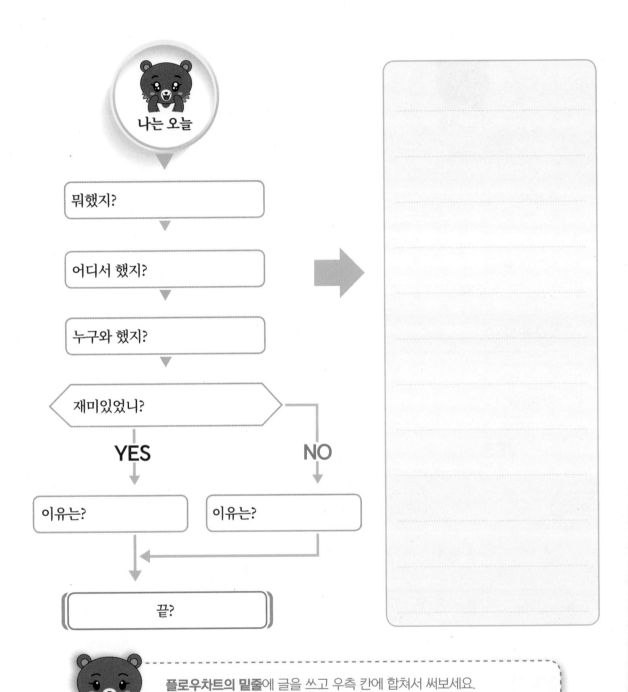

나는 오늘

뭐했지?

어디서 했지?

누구와 했지?

재미있었니?

YES   NO

이유는?   이유는?

끝?

플로우차트의 밑줄에 글을 쓰고 우측 칸에 합쳐서 써보세요.
그리고 일기장에 이 글을 쓰면 일기가 됩니다.
이 플로우차트는 익숙해질 때까지 반복해서 사용하세요.

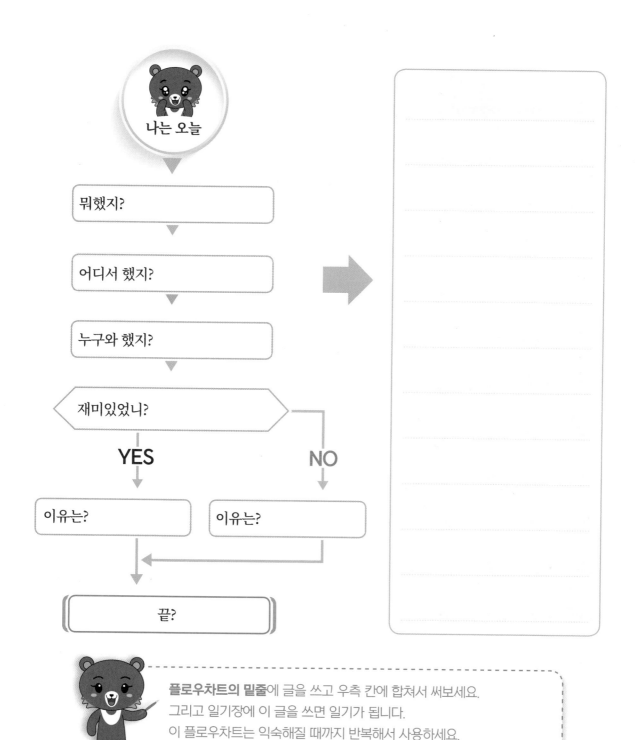

나는 오늘

뭐했지?

어디서 했지?

누구와 했지?

재미있었니?

YES

NO

이유는?

이유는?

끝?

플로우차트의 밑줄에 글을 쓰고 우측 칸에 합쳐서 써보세요.
그리고 일기장에 이 글을 쓰면 일기가 됩니다.
이 플로우차트는 익숙해질 때까지 반복해서 사용하세요.

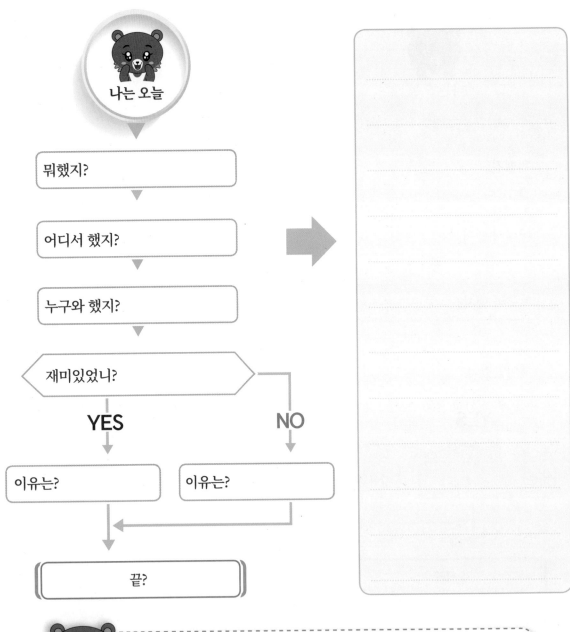

나는 오늘

뭐했지?

어디서 했지?

누구와 했지?

재미있었니?

YES   NO

이유는?   이유는?

끝?

플로우차트의 밑줄에 글을 쓰고 우측 칸에 합쳐서 써보세요.
그리고 일기장에 이 글을 쓰면 일기가 됩니다.
이 플로우차트는 익숙해질 때까지 반복해서 사용하세요.

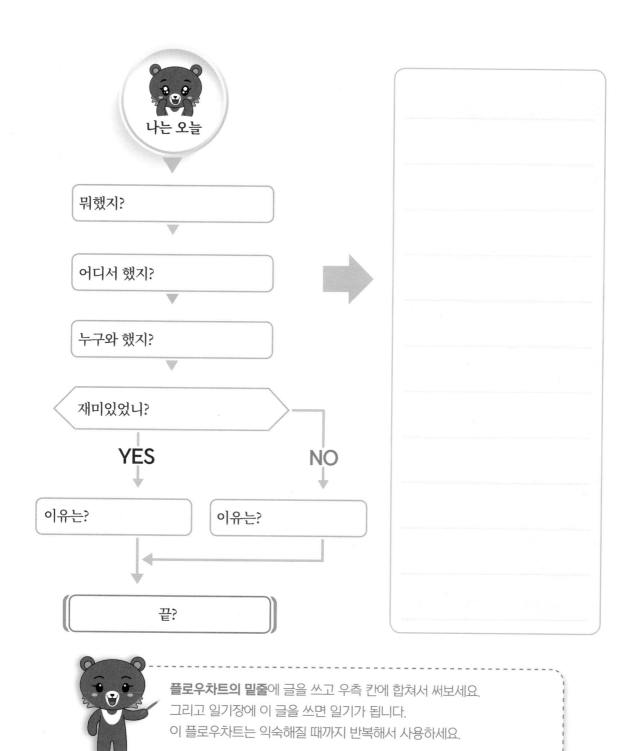

나는 오늘

뭐했지?

어디서 했지?

누구와 했지?

재미있었니?

YES

NO

이유는?

이유는?

끝?

플로우차트의 밑줄에 글을 쓰고 우측 칸에 합쳐서 써보세요.
그리고 일기장에 이 글을 쓰면 일기가 됩니다.
이 플로우차트는 익숙해질 때까지 반복해서 사용하세요.

뭘 써야 될 지 모를때 일단 하루에 있었던 일을 다 적어 봅니다.

시간	한 일(행동)
08:00 ~ 12:00	자고 일어나 티브이 (만화영화) 봤다.
12:00 ~ 15:00	밥먹고 아빠랑 배드민턴 쳤다
15:00 ~ 18:00	씻고 밥먹고 숙제를 했다

합치면 일기가 됩니다.

오늘은 자고 일어나 티브이를 봤다. 엄마가 해주신

맛있는 밥을 먹고 아빠랑 집 앞에서 배드민턴을 쳤다.

배드민턴을 치고 나니 몸에 땀이나서 씻고 숙제를 했다.

이 모든게 일기꺼리가 될 수 있답니다.

TV, 만화영화 이야기	밥	배드민턴 운동	씻는 것

TV[만화영화] 제목과 줄거리 등장인물을 쓰면 되겠지요?

밥 반찬이 무엇이었으며, 맛이 있었는지 없었는지? 그런 것을 쓰면 되겠지요?

배드민턴 운동은 어떤 걸 좋아하는지 배드민턴은 얼마나 자주 치는지.

씻는 것 손을 씻고 얼굴을 씻는지, 얼굴을 씻으면서 손을 한꺼번에 씻는지.

이 책의 부록에 있으니 활용해서 써 보도록 하세요

하루 일과를 시간대 별로 구분하여 자신 있는 쓸거리를 찾아보세요.

시간	뭐 했지?

합치기

소재 뽑아 내기

소재를 뽑아 냈으면 다 쓰려고 하지말고 쓰고 **싶은 것 하나**를 골라서 쓰세요.

하루 일과를 시간대 별로 구분하여 자신 있는 쓸거리를 찾아보세요.

시간	뭐 했지?

합치기

소재 뽑아 내기

소재를 뽑아 냈으면 다 쓰려고 하지말고 쓰고 **싶은 것 하나**를 골라서 쓰세요.

하루 일과를 시간대 별로 구분하여 자신 있는 쓸거리를 찾아보세요.

시간	뭐 했지?

합치기

소재 뽑아 내기

소재를 뽑아 냈으면 다 쓰려고 하지말고 쓰고 **싶은 것 하나**를 골라서 쓰세요.

하루 일과를 시간대 별로 구분하여 자신 있는 쓸거리를 찾아보세요.

시간	뭐 했지?

합치기

소재 뽑아 내기

소재를 뽑아 냈으면 다 쓰려고 하지말고 쓰고 **싶은 것 하나**를 골라서 쓰세요.

하루 일과를 시간대 별로 구분하여 자신 있는 쓸거리를 찾아보세요.

시간	뭐 했지?

합치기

소재 뽑아 내기

소재를 뽑아 냈으면 다 쓰려고 하지말고 쓰고 **싶은 것 하나**를 골라서 쓰세요.

하루 일과를 시간대 별로 구분하여 자신 있는 쓸거리를 찾아보세요.

시간	뭐 했지?

합치기

소재 뽑아 내기

소재를 뽑아 냈으면 다 쓰려고 하지말고 쓰고 **싶은 것 하나**를 골라서 쓰세요.

하루 일과를 시간대 별로 구분하여 자신 있는 쓸거리를 찾아보세요.

시간	뭐 했지?

합치기

소재 뽑아 내기

소재를 뽑아 냈으면 다 쓰려고 하지말고 쓰고 **싶은 것 하나**를 골라서 쓰세요.

하루 일과를 시간대 별로 구분하여 자신 있는 쓸거리를 찾아보세요.

시간	뭐 했지?

합치기

소재 뽑아 내기

소재를 뽑아 냈으면 다 쓰려고 하지말고 쓰고 **싶은 것 하나**를 골라서 쓰세요.

하루 일과를 시간대 별로 구분하여 자신 있는 쓸거리를 찾아보세요.

시간	뭐 했지?

합치기

소재 뽑아 내기

소재를 뽑아 냈으면 다 쓰려고 하지말고 쓰고 **싶은 것 하나**를 골라서 쓰세요.

하루 일과를 시간대 별로 구분하여 자신 있는 쓸거리를 찾아보세요.

시간	뭐 했지?

합치기

소재 뽑아 내기

소재를 뽑아 냈으면 다 쓰려고 하지말고 쓰고 **싶은 것 하나**를 골라서 쓰세요.

하루 일과를 시간대 별로 구분하여 자신 있는 쓸거리를 찾아보세요.

시간	뭐 했지?

합치기

소재 뽑아 내기

소재를 뽑아 냈으면 다 쓰려고 하지말고 쓰고 **싶은 것 하나**를 골라서 쓰세요.

하루 일과를 시간대 별로 구분하여 자신 있는 쓸거리를 찾아보세요.

시간	뭐 했지?

합치기

소재 뽑아 내기

소재를 뽑아 냈으면 다 쓰려고 하지말고 쓰고 **싶은 것 하나**를 골라서 쓰세요.

하루 일과를 시간대 별로 구분하여 자신 있는 쓸거리를 찾아보세요.

시간	뭐 했지?

합치기

소재 뽑아 내기

소재를 뽑아 냈으면 다 쓰려고 하지말고 쓰고 **싶은 것 하나**를 골라서 쓰세요.

Chapter 2

기행문

📌 기행문 쓰기 예문

기행문 쓰기 플로우차트 노트

기행문은

여행을 다니면서 또는 다녀와서 여행 중 보고 느낀 점을
쓰는 글이랍니다.

참고로 역사 유적지나 유명한 곳을 갈 때는 가기 전에
인터넷 검색이나 서적을 통해 자료를 찾아서 사전 지식을 가지고 가는 것이
바람직합니다.

기행문은 언제 누구와 어디를 가서 무엇을 보았는가? 라는 당연히 알고 있는
내용을 쓰는 것이기 때문에 글쓰기가 매우 쉬운 장르 중에 하나랍니다.
쓰는 순서는 아래와 같습니다.

    1. 어디를 갔는가? <알고 있지요?>,

    2. 누구와 갔는가? <쓰면 되지요?>

    3. 무얼 타고 갔는가? <적으면 되지요?>

    4. 무얼 봤는가? <본 대로 쓰세요>

자~ 이만큼 썼으면 마지막은 느낀 점을 쓰는 게 기행문이랍니다.

이제 플로우차트 노트의 기행문 작성하기를 통해
여러분의 기행문을 써보아요.

🎙 기행문 잘 쓰기 플로우차트 노트 활용의 예문

여행 중 또는 여행을 다녀온 후 보고 듣고 느낀 점을 쓰는것이 기행문이랍니다.
아래 예문을 먼저 보고 기행문을 쓸 때는 기행문의 플로우차트를 활용하세요.

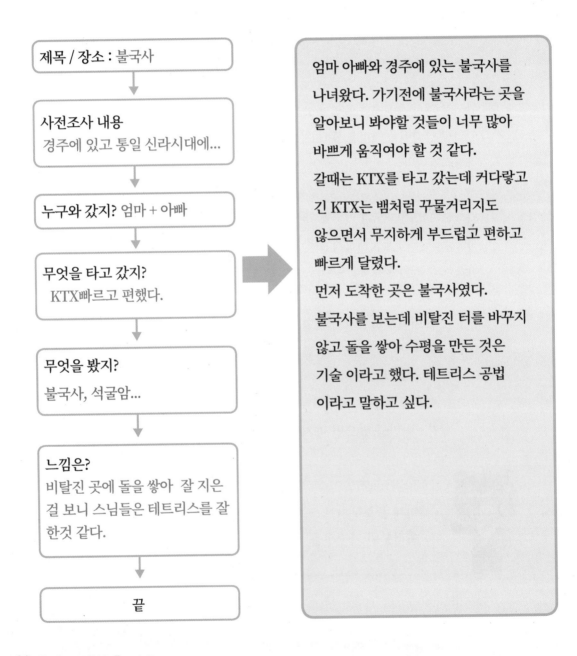

제목 / 장소 : 불국사

사전조사 내용
경주에 있고 통일 신라시대에...

누구와 갔지? 엄마 + 아빠

무엇을 타고 갔지?
　KTX빠르고 편했다.

무엇을 봤지?
불국사, 석굴암...

느낌은?
비탈진 곳에 돌을 쌓아 잘 지은
걸 보니 스님들은 테트리스를 잘
한것 같다.

끝

엄마 아빠와 경주에 있는 불국사를 나녀왔다. 가기전에 불국사라는 곳을 알아보니 봐야할 것들이 너무 많아 바쁘게 움직여야 할 것 같다.
갈때는 KTX를 타고 갔는데 커다랗고 긴 KTX는 뱀처럼 꾸물거리지도 않으면서 무지하게 부드럽고 편하고 빠르게 달렸다.
먼저 도착한 곳은 불국사였다. 불국사를 보는데 비탈진 터를 바꾸지 않고 돌을 쌓아 수평을 만든 것은 기술 이라고 했다. 테트리스 공법 이라고 말하고 싶다.

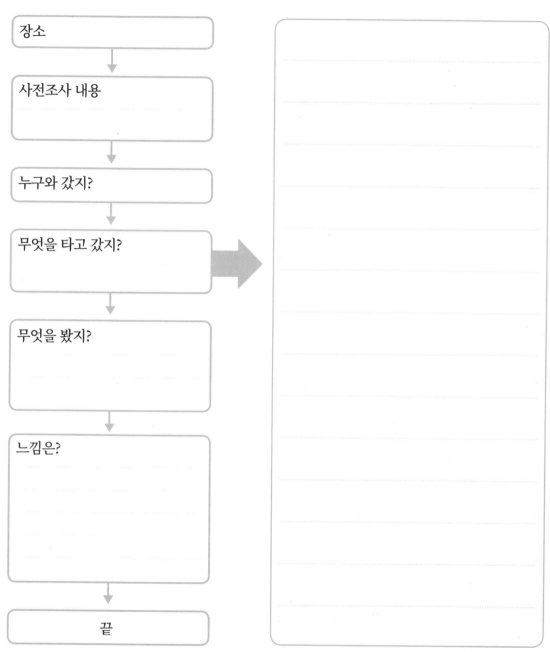

장소

사전조사 내용

누구와 갔지?

무엇을 타고 갔지?

무엇을 봤지?

느낌은?

끝

쓰고 싶은 것을 많이 쓰세요. 쓰고싶은것이 많아지고 글이 잘 써져서
플로우차트 노트가 모자라면 다른 일기장을 활용해도 좋아요.

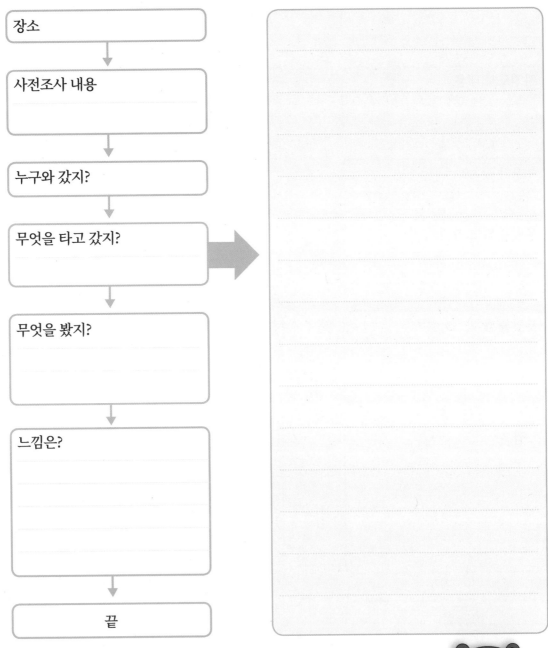

장소

↓

사전조사 내용

↓

누구와 갔지?

↓

무엇을 타고 갔지?

↓

무엇을 봤지?

↓

느낌은?

↓

끝

쓰고 싶은 것을 많이 쓰세요. 쓰고싶은것이 많아지고 글이 잘 써져서
플로우차트 노트가 모자라면 다른 일기장을 활용해도 좋아요.

장소

↓

사전조사 내용

↓

누구와 갔지?

↓

무엇을 타고 갔지?

→

무엇을 봤지?

↓

느낌은?

↓

끝

쓰고 싶은 것을 많이 쓰세요. 쓰고싶은것이 많아지고 글이 잘 써져서
플로우차트 노트가 모자라면 다른 일기장을 활용해도 좋아요.

기행문 잘 쓰기 플로우차트 노트

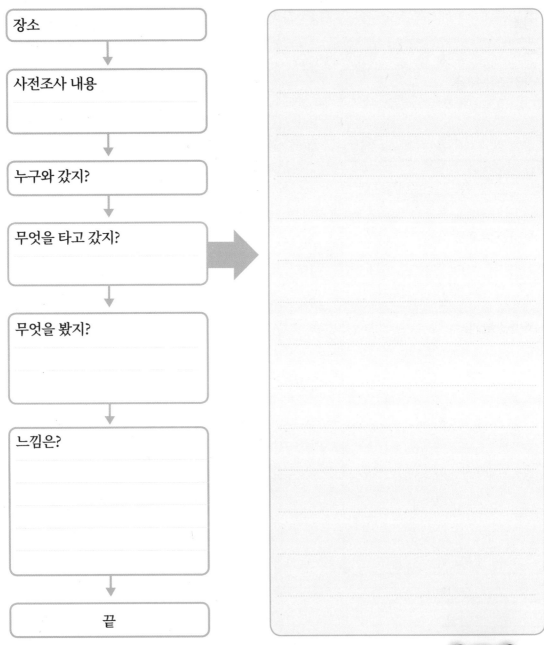

장소

↓

사전조사 내용

↓

누구와 갔지?

↓

무엇을 타고 갔지? ➡

↓

무엇을 봤지?

↓

느낌은?

↓

끝

쓰고 싶은 것을 많이 쓰세요. 쓰고싶은것이 많아지고 글이 잘 써져서
플로우차트 노트가 모자라면 다른 일기장을 활용해도 좋아요.

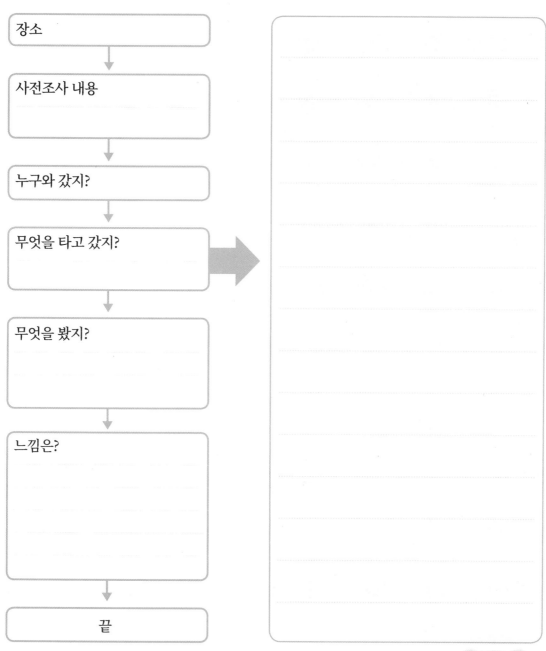

장소

↓

사전조사 내용

↓

누구와 갔지?

↓

무엇을 타고 갔지?

↓

무엇을 봤지?

↓

느낌은?

↓

끝

쓰고 싶은 것을 많이 쓰세요. 쓰고싶은것이 많아지고 글이 잘 써져서
플로우차트 노트가 모자라면 다른 일기장을 활용해도 좋아요.

장소

사전조사 내용

누구와 갔지?

무엇을 타고 갔지?

무엇을 봤지?

느낌은?

끝

쓰고 싶은 것을 많이 쓰세요. 쓰고싶은것이 많아지고 글이 잘 써져서
플로우차트 노트가 모자라면 다른 일기장을 활용해도 좋아요.

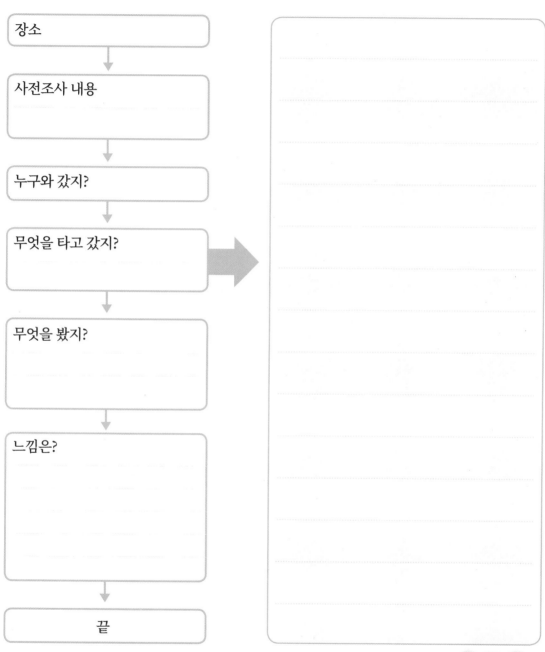

장소

사전조사 내용

누구와 갔지?

무엇을 타고 갔지?

무엇을 봤지?

느낌은?

끝

쓰고 싶은 것을 많이 쓰세요. 쓰고싶은것이 많아지고 글이 잘 써져서
플로우차트 노트가 모자라면 다른 일기장을 활용해도 좋아요.

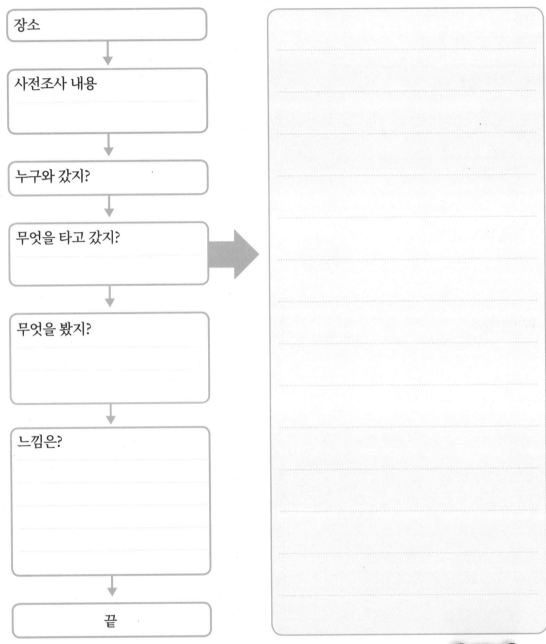

장소

↓

사전조사 내용

↓

누구와 갔지?

↓

무엇을 타고 갔지?

↓

무엇을 봤지?

↓

느낌은?

↓

끝

쓰고 싶은 것을 많이 쓰세요. 쓰고싶은것이 많아지고 글이 잘 써져서
플로우차트 노트가 모자라면 다른 일기장을 활용해도 좋아요.

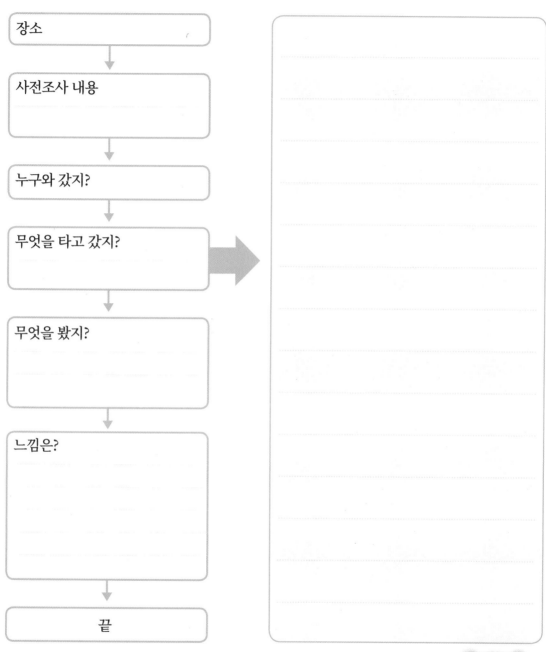

장소

사전조사 내용

누구와 갔지?

무엇을 타고 갔지?

무엇을 봤지?

느낌은?

끝

쓰고 싶은 것을 많이 쓰세요. 쓰고싶은것이 많아지고 글이 잘 써져서
플로우차트 노트가 모자라면 다른 일기장을 활용해도 좋아요.

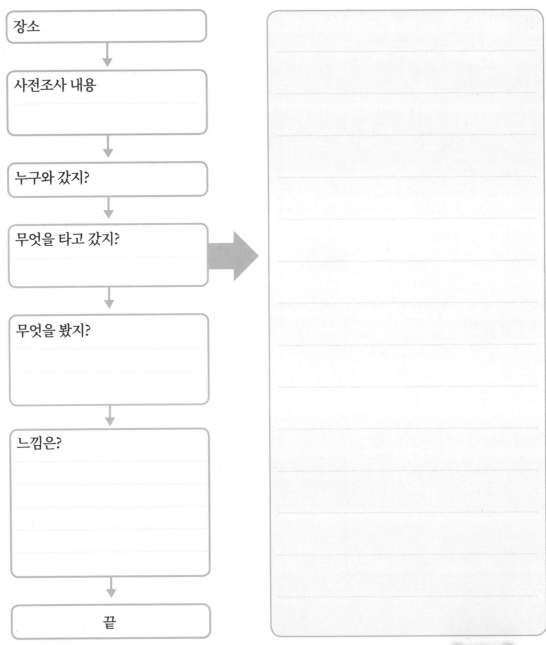

장소

↓

사전조사 내용

↓

누구와 갔지?

↓

무엇을 타고 갔지?

→

↓

무엇을 봤지?

↓

느낌은?

↓

끝

쓰고 싶은 것을 많이 쓰세요. 쓰고싶은것이 많아지고 글이 잘 써져서
플로우차트 노트가 모자라면 다른 일기장을 활용해도 좋아요.

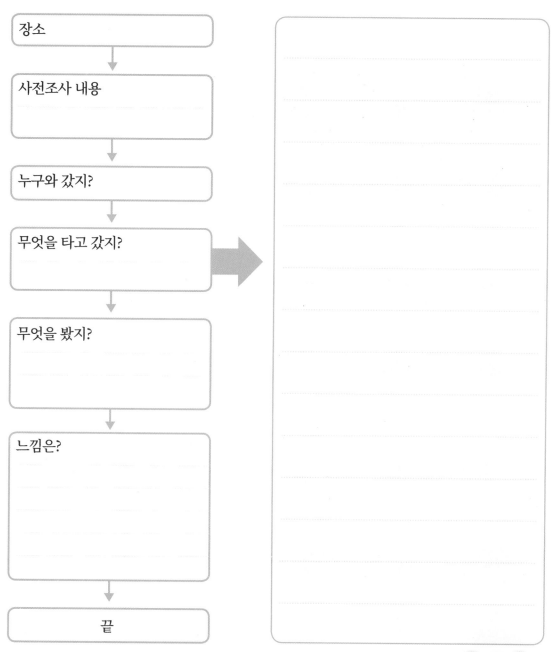

장소

↓

사전조사 내용

↓

누구와 갔지?

↓

무엇을 타고 갔지? →

↓

무엇을 봤지?

↓

느낌은?

↓

끝

쓰고 싶은 것을 많이 쓰세요. 쓰고싶은것이 많아지고 글이 잘 써져서
플로우차트 노트가 모자라면 다른 일기장을 활용해도 좋아요.

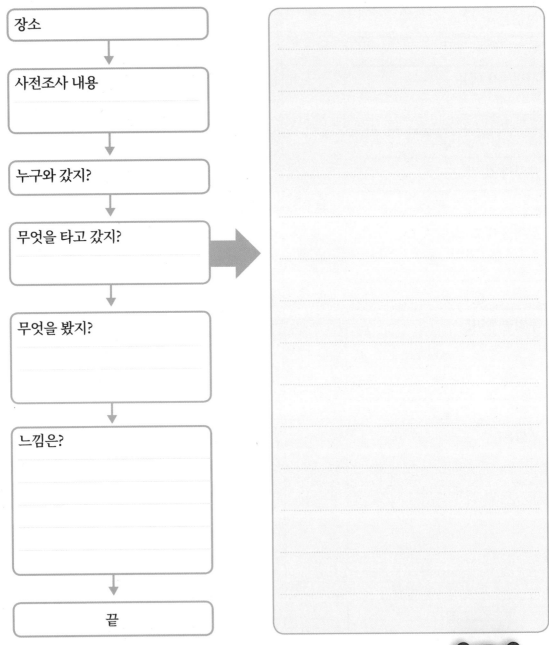

장소

↓

사전조사 내용

↓

누구와 갔지?

↓

무엇을 타고 갔지?

↓

무엇을 봤지?

↓

느낌은?

↓

끝

쓰고 싶은 것을 많이 쓰세요. 쓰고싶은것이 많아지고 글이 잘 써져서
플로우차트 노트가 모자라면 다른 일기장을 활용해도 좋아요.

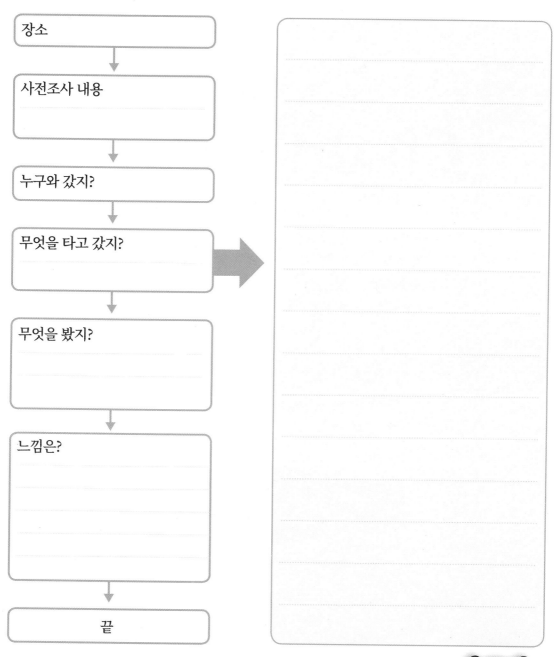

장소

↓

사전조사 내용

↓

누구와 갔지?

↓

무엇을 타고 갔지?

↓

무엇을 봤지?

↓

느낌은?

↓

끝

쓰고 싶은 것을 많이 쓰세요. 쓰고싶은것이 많아지고 글이 잘 써져서
플로우차트 노트가 모자라면 다른 일기장을 활용해도 좋아요.

Chapter 3
독후감

독후감 쓰기 예문
독후감 쓰기 플로우차트 노트

독후감

독후감은 책을 읽은 뒤에 느낀 감정을 쓰는 것입니다.
독후감도 기행문처럼 기본적으로 들어가야 할 내용이 있습니다.

독후감에 들어갈 주요 내용

1) 책의 제목을 써야 합니다.

2) 등장인물을 써주세요.

3) 읽으면서 느낀 등장인물의 성격을 써 보세요.

4) 전체 이야기를 짧게 줄여서 줄거리를 쓰세요.

5) 책을 다 읽고 느낀 점을 쓰세요.

6) 마음에 드는 문장을 써 보세요.

7) 만약에 그 책이 이야기(동화)책이라면

   그 다음이야기를 상상하여 써 보는 것도 굉장히 재미있습니다.

플로우차트 노트에 쓰는 독후감 예문

예문에는 느낀 점이 짧지만 길게 쓰면 좋고요, 기억에 남는 문장 아니면 마음에 들었던 문장을 쓰면 더욱 좋습니다.

책 제목 : 방귀쟁이랑 결혼 안 해

↓

등장인물 : 금동이, 윤이나 선생님, 금동이 아빠, 할머니

↓

줄거리 :
금동이는 윤이나 선생님을 좋아했다. 그러나 선생님은 방귀쟁이라는 것을 알게되어 중대한 고민에 빠진다. 금동이는 아빠와 할머니와 산다. 아빠는 술을 마시고 도박을 한다.

↓

느낌은? 아빠 나빴다.

↓

마음에 들었던 문장 :

↓

끝

→

제목 : 방귀쟁이랑은 결혼 안 해.
등장인물 : 금동이, 윤이나 선생님, 금동이 아빠, 할머니

금동이는 윤이나 선생님을 좋아했다. 그러나 선생님은 방귀쟁이 라는 것을 알게되어 중대한 고민에 빠진다. 금동이는 아빠와 할머니와 산다. 아빠는 술을 마시고 도박을 한다.

아빠 나빴다.

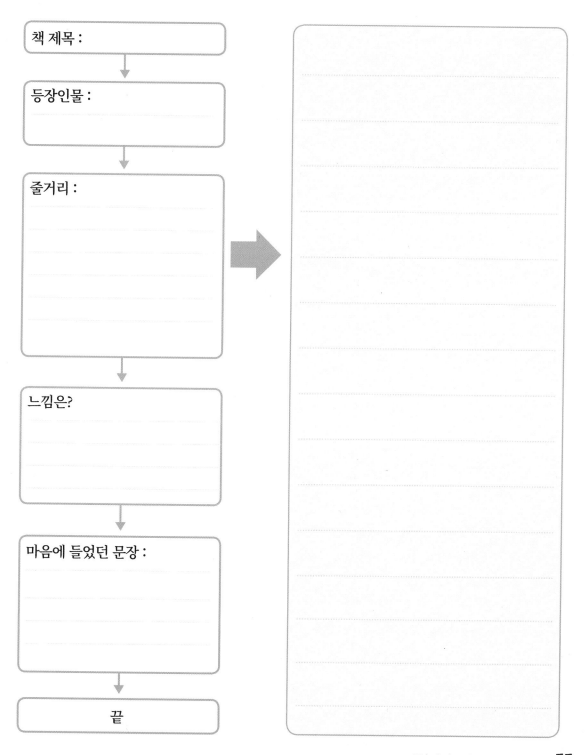

책 제목 :

등장인물 :

줄거리 :

느낌은?

마음에 들었던 문장 :

끝

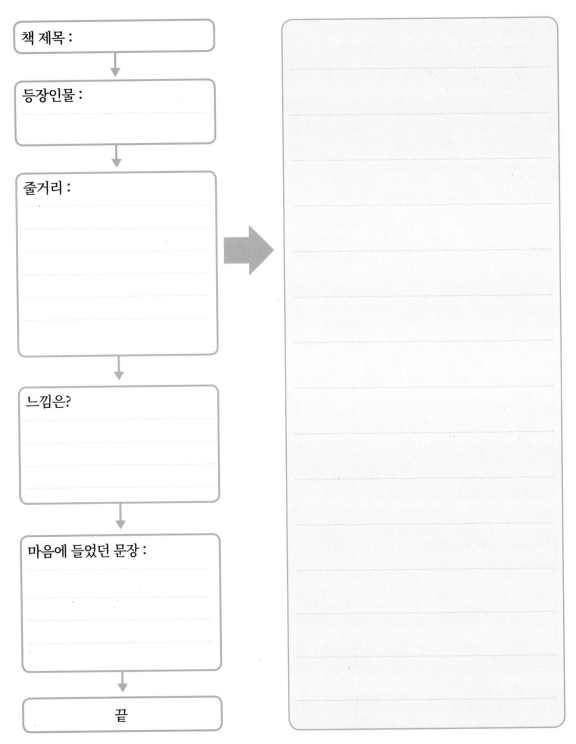

책 제목 :

↓

등장인물 :

↓

줄거리 :

↓

느낌은?

↓

마음에 들었던 문장 :

↓

끝

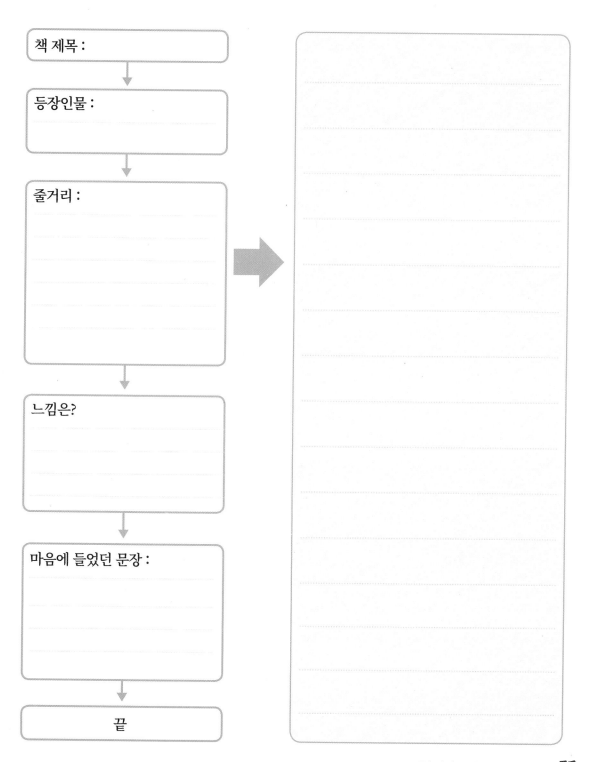

책 제목 :

등장인물 :

줄거리 :

느낌은?

마음에 들었던 문장 :

끝

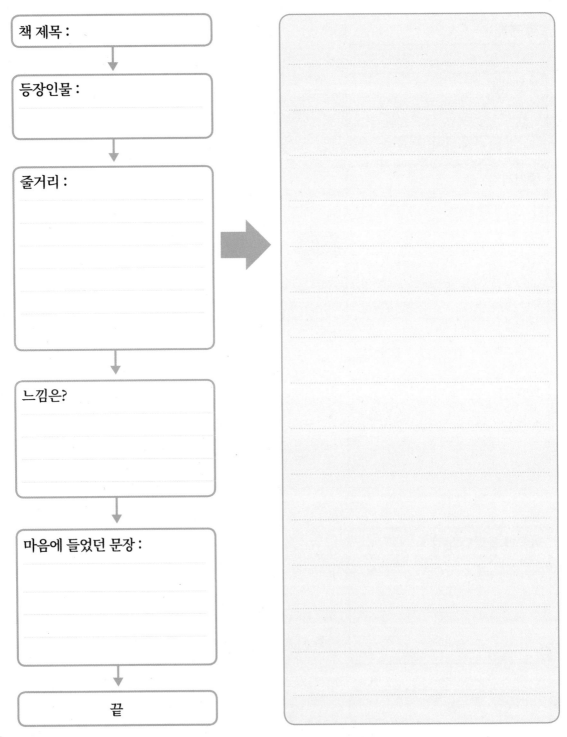

책 제목 :

↓

등장인물 :

↓

줄거리 :

➡

↓

느낌은?

↓

마음에 들었던 문장 :

↓

끝

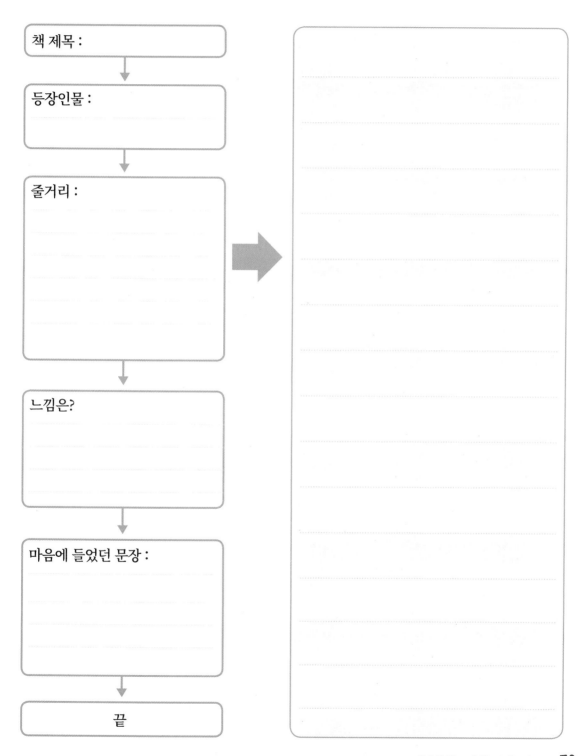

책 제목 :

등장인물 :

줄거리 :

느낌은?

마음에 들었던 문장 :

끝

책 제목 :

↓

등장인물 :

↓

줄거리 :

↓

느낌은?

↓

마음에 들었던 문장 :

↓

끝

독후감 잘 쓰기 플로우차트 노트

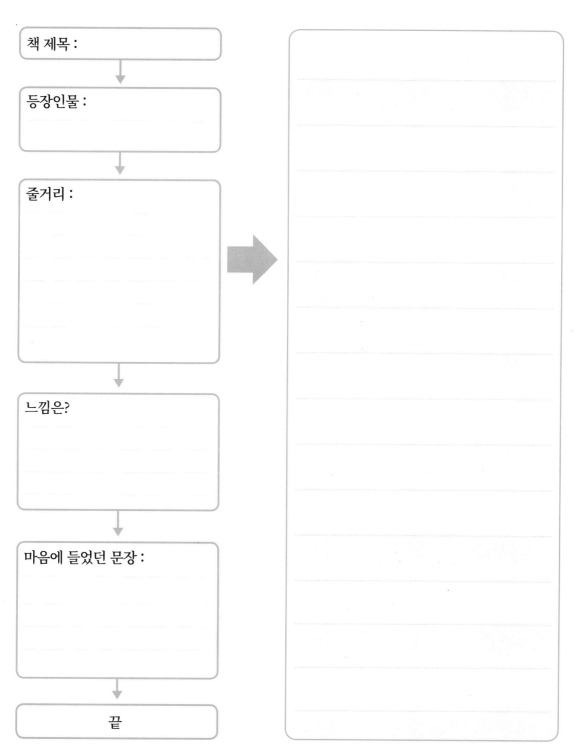

책 제목 :

등장인물 :

줄거리 :

느낌은?

마음에 들었던 문장 :

끝

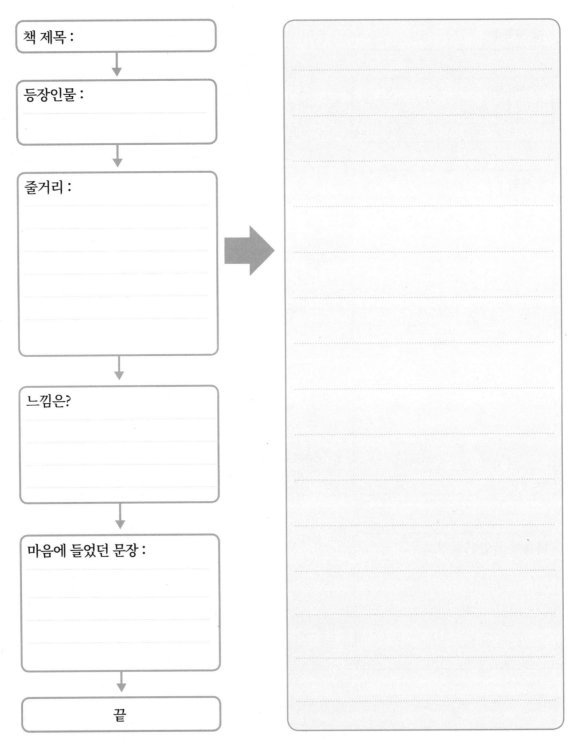

책 제목 :

등장인물 :

줄거리 :

느낌은?

마음에 들었던 문장 :

끝

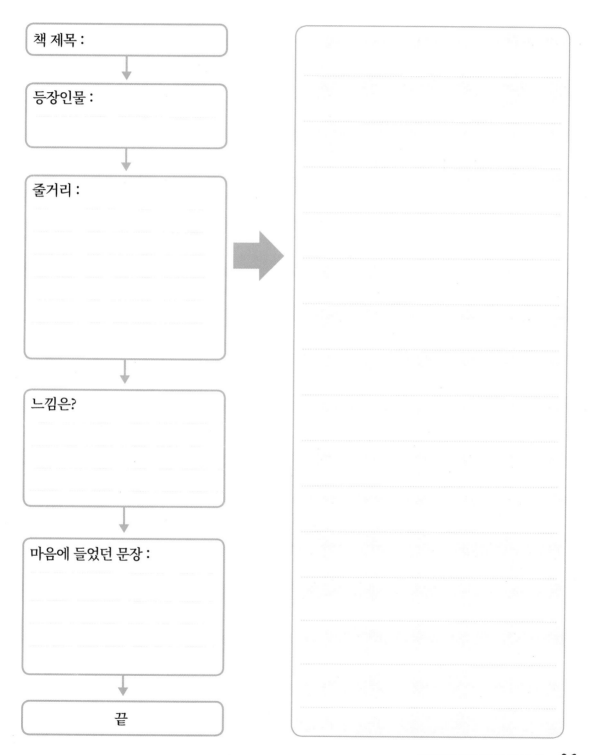

책 제목 :

등장인물 :

줄거리 :

느낌은?

마음에 들었던 문장 :

끝

책 제목 :

↓

등장인물 :

↓

줄거리 :

↓

느낌은?

↓

마음에 들었던 문장 :

↓

끝

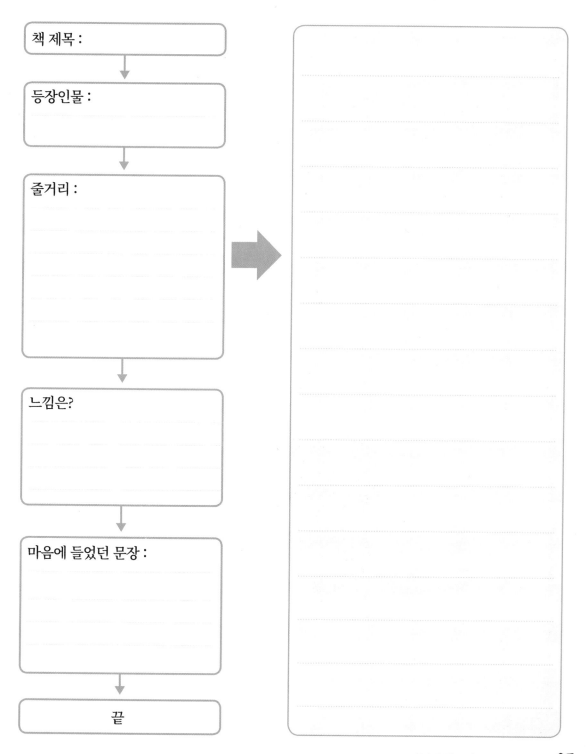

책 제목 :

등장인물 :

줄거리 :

느낌은?

마음에 들었던 문장 :

끝

Chapter 4
논술

📌 논술 쓰기 예문
📌 논술 쓰기 플로우차트 노트

논술이란 무엇일까요?

논술(論 말할 논, 術 지을 술)

논술은 논리적인 말 또는 글을 말합니다.

그러니까 논술이라는 말은 절대로 어려운 게 아니랍니다. 단지 일반적으로 논술에서 다루는 주제가 어려울 수 있기 때문에 어렵다고 생각할 수 있는 것입니다. 어린이가 누군가에게 말을 했는데 그 말을 알아듣는다면 그게 논술적이라고 할 수 있습니다.

> 이것이 논술입니다.

어린이가 엄마에게 심심해서(**서론**),
친구들과 놀이터에서 놀았더니 배가 고프다.(**본론**)
엄마 밥 주세요(**결론**)

논술을 쓸 때는 **서론, 본론, 결론**으로 세분화해서 글을 쓰세요.

논술은 남들이 인정할 수밖에 없는 객관적인 자료를 조사해서 첨부하는 것이 좋습니다.

그래야만 그 논술을 보는 사람이 어린이가 쓴 글을 읽고 호응을 하겠지요.

예를 들면 조금 먼 친구네 집 쪽에 가서 꼭 사고 싶은 장난감을 사왔이요

그리고 저녁에 아빠에게 말해서 "그래? 힘들었겠구나 고생했다. 잘했어~" 라는 칭찬을 받고 싶어요. 그렇다면?

1) "아빠! 나 오늘 훈이네 집 쪽에 가서 장난감 샀는데 힘들었어요?" 하는 것과

2) "아빠 나 오늘 무려 2Km를 걸어서 훈이네 집 쪽에 가서 갖고 싶은 장난감을 샀어요, 그래서 힘들었어요." 라고 말 하는 것 중 어떻게 말하는 게 칭찬 받기가 좋을까요?

그래요,

논술에는 객관적인 자료와 특히 검증된 정확한 숫자가 들어가면 더욱 좋아요

🔍 **플로우차트를 활용한 논술 예문을 살펴보아요.**

주제 : 기회주의

서론
반 친구들이 회장이나 부회장이 말을 하면 계속 떠들고 선생님이 말하면 조용해진다.

본론
동급생의 말은 무시하고 상급자에게만 복종하는 것은 조선시대 때 관직, 권력을 얻으려고 높은 관직의 관료에게 뇌물을 주는 바치는 행동과 같고 이런 행동은 사악한 세상이 올까 하는 생각도 든다.

결론
앞에 사례는 그다지 심하지는 않은 사례지만 이러한 문제점이 커질 수 있는 가능성은 충분하다고 생각한다. 오늘 부터 상대방의 말을 귀담아 듣는 좋은 습관을 만들어서 서로 존중하는 세상을 만들자.

끝

주제 : 기회주의자

반 친구들이 회장이나 부회장이 말을 하면 계속 떠들고 선생님이 말하면 조용해진다. 동생의 말은 무시하고 상급자에게만 복종하는 것은 조선시대 때 관직, 권력을 얻으려고 높은 관직의 관료에게 뇌물을 주고 바치는 행동과 같다. 이런 행동으로 사악한 세상이 올까 하는 생각도 든다. 앞의 사례는 그다지 심하지는 많은 사례지만 이만한 문제점이 커질 수 있는 가능성은 충분하다고 생각한다. 오늘부터 상대방의 말을 귀담아 듣는 좋은 습관을 만들어서 서로 준중하는 세상을 만들자.

결론 글쓰기는 본 책 67쪽의 내용입니다.

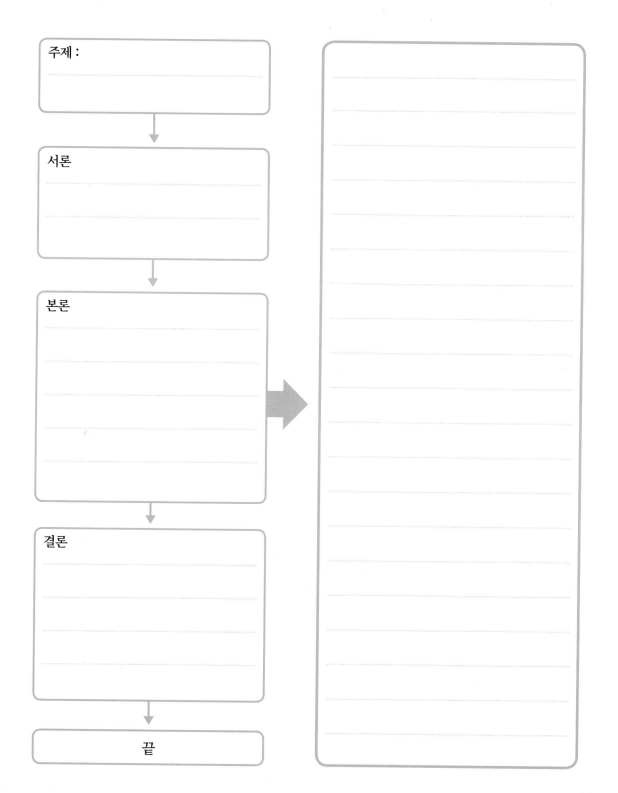

주제 :

서론

본론

결론

끝

주제 :

↓

서론

↓

본론

→

결론

↓

끝

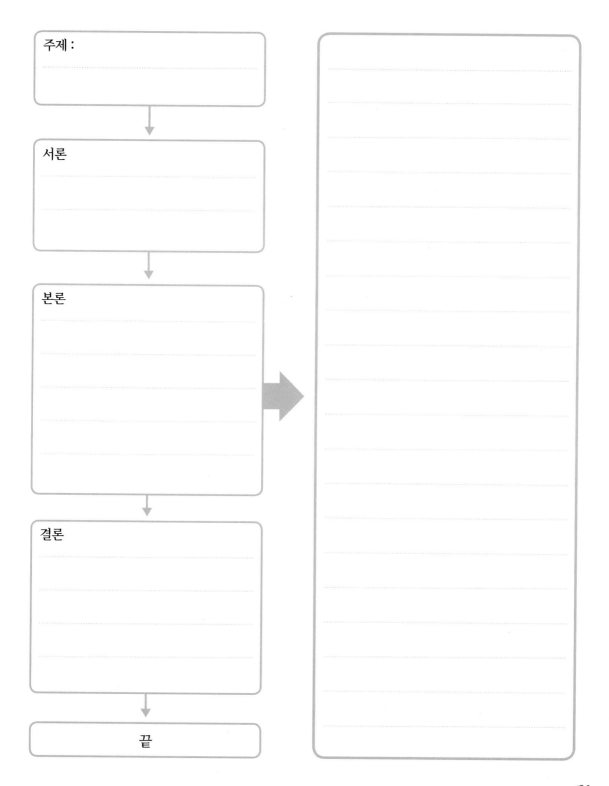

주제 :

서론

본론

결론

끝

주제 :

서론

본론

결론

끝

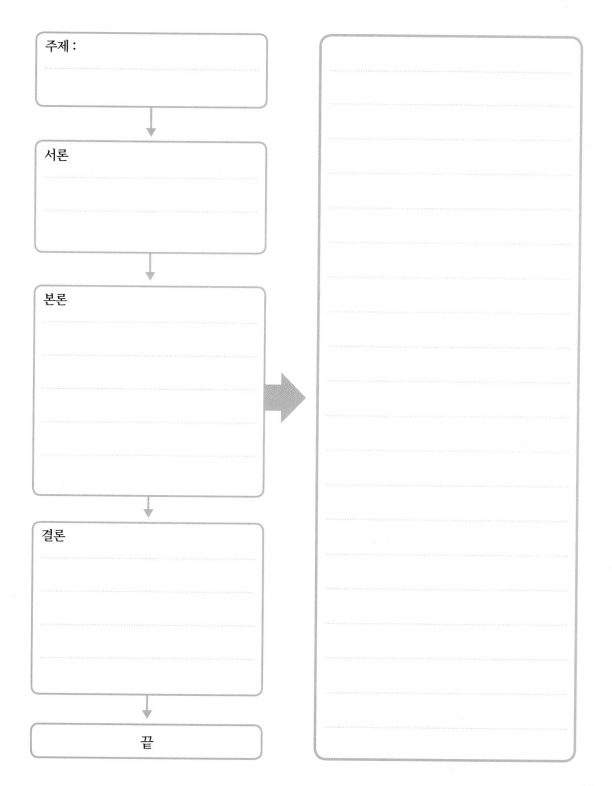

주제 :

서론

본론

결론

끝

주제 :

↓

서론

↓

본론

↓

결론

↓

끝

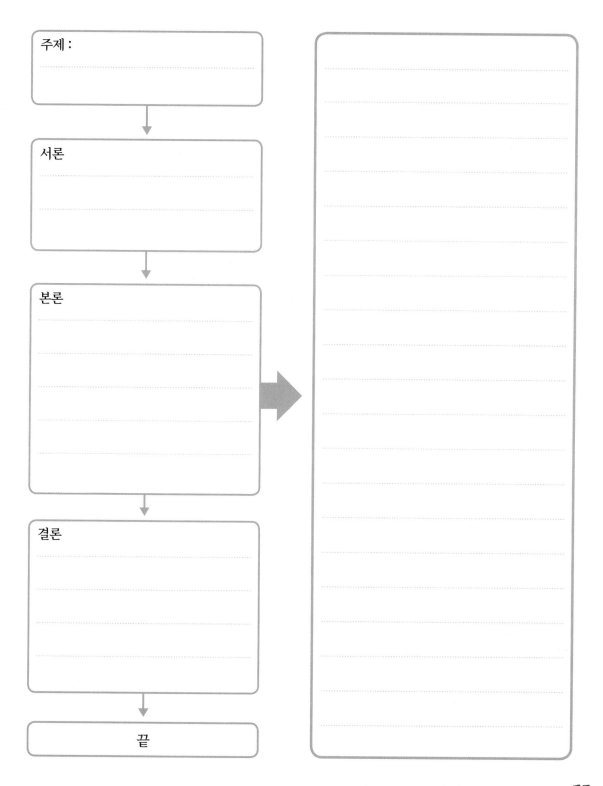

주제 :

서론

본론

결론

끝

주제 :

↓

서론

↓

본론

↓

결론

↓

끝

주제 :

↓

서론

↓

본론

↓

결론

↓

끝

주제 :

↓

서론

↓

본론

↓

결론

↓

끝

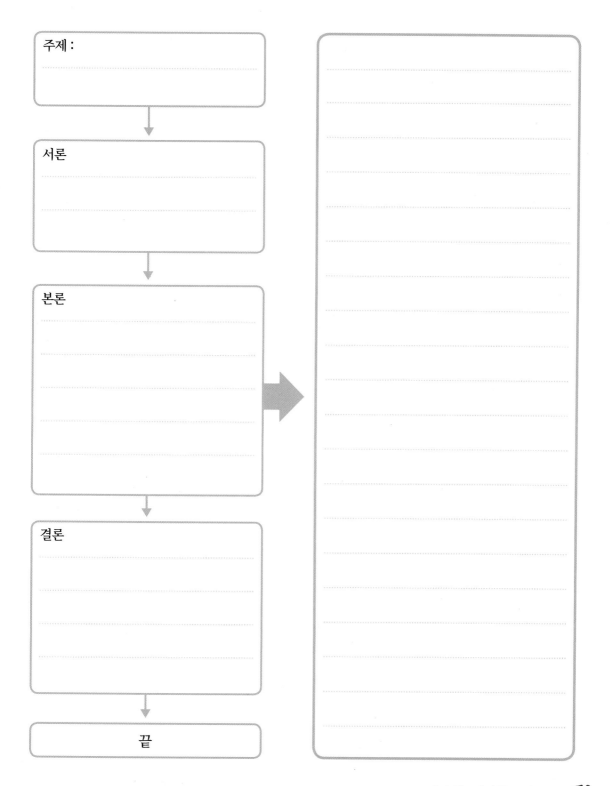

주제 :

서론

본론

결론

끝

"주제 제시"란 무엇일까요?

글 중에는 특별한 주제를 놓고 글을 쓰는 것도 있어요.
옛날 조선시대에 인재를 등용하는 과거시험이 있었는데
그 과거시험이 그렇게 했대요.

주제 제시는 미리 주제를 지정하면 그것을 소재로
글을 쓰는 것입니다.

Chapter 5
주제 제시

"주제 제시"란 무엇일까요?

글 중에는 특별한 주제를 놓고 글을 쓰는 것도 있어요. 옛날 조선시대에 인재를 등용하는 과거시험이 있었는데 그 과거시험이 그렇게 했대요.

주제가 있는 글을 쓸 때는 주제가 정해지면 주제를 분해시키세요.

이를테면 레고 장난감은 분해가 되지요. 그런 것처럼 어떤 것도 분해가 가능해요. 그리고 분해가 쉽지 않을 때는 그것과 연관된 것들을 상상하면 돼요.

예를 들어 하늘에서 내리는 '비'에 관한 글을 써야 한다면,

비가 오면 드는 생각, 비가 올 때 학교를 갔던 경험, 비가 우리 생활에 미치는 영향, 비가 올 때 준비해야 할 것들, 그런 것들을 쭉 생각해 보고 제일 쓰고 싶은 것을 쓰면 된답니다.

그러니까 주제가 있는 글을 쓸 때 주제가 나오면 겁을 먹거나 막연하게 생각하지 말아요.

미로게임 풀어 본 적 있지요? 만약에 미로가 높은 담으로 되어 있고 이 글을 읽는 어린이가 미로 안에 있다면 여간해서 미로를 벗어나기 힘들 거예요. 그런데 미로가 그림으로 되어있고 미로를 위에서 보게 되면 출구가 보이지요?

주제도 마찬가지예요. 주제가 나오면 마치 종이 위에 미로를 보는 것처럼 한 발짝 물러나서 여유 있게 주제를 보고 생각을 하면 글 쓸거리가 생각이 날 겁니다.

그렇다면 소풍을 가본 적도 없는데 소풍에 대한 주제가 나오면 쓸 게 있을까요? 없을까요? 쓸 수 있답니다.

흔히 소풍을 다녀온 어린이만이 소풍을 주제로 글을 쓸 것이라고 생각하는데 그렇지 않아요.

소풍을 가본 적도 없는데 소풍을 쓰라고 하면 소풍에 대한 생각을 쓰면 돼요.

예를 들면 나는 소풍을 무엇을 타고 어디로 가고 싶다. 먹을 것은 무엇을 가져가면 좋겠다.

이런 생각을 쓰면 그게 소풍을 주제로 쓴 글이 되는 거예요.

본 책의 23쪽에는 손목을 다쳐 몸이 불편한 상황에서
내일 체험학습을 가는 것을 걱정하는 일기가 있으니 읽어보세요.

🎤 **주제 제시는** 미리 주제를 지정하면 그것을 소재로 글을 쓰는 것입니다.

먼저 글을 어떤 형태(장르)로 쓸지를 결정하세요.

결정하기가 어려울때는 생각나는 대로 써 보고 어떤 장르를 결정해도 됩니다.

플로우차트로 쉽게 주제가 있는 글을 시작해 보아요.

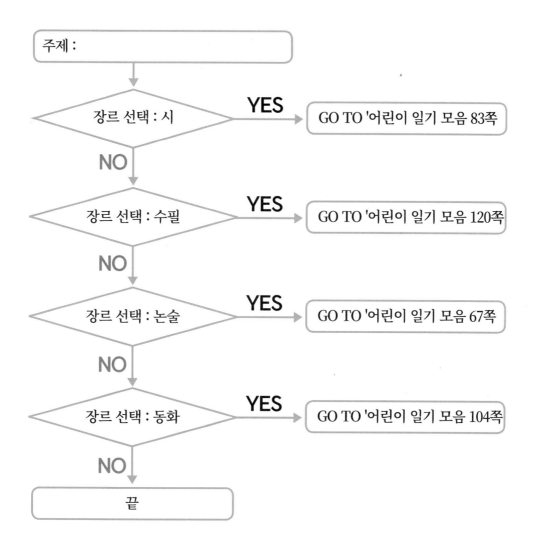

 장르를 정했으면 주제와 관련되어 글을 쓰는데 자세한 방법은
"어린이 일기 모음" 책의 해당 페이지를 찾아 참고하세요.

Chapter 6
창작

📌 동시
📌 동화

동시란 무엇일까요?

동시는 알고 있는 것처럼 짧게 쓴 글입니다.

그런데 짧다고 다 동시는 아니랍니다.
시는 짧으면서 많은 뜻을 가지고 있는 문학의 한 장르입니다.

동시의 장점은 또 있습니다. 읽는 이로 하여금 많은 시간을 빼앗지 않아요
짧은 시간에 잠깐 읽고도 긴 여운을 남기는 것 그게 동시랍니다.

동화에 대해서 알아보아요.

동화는 작가가 이야기를 만들어 내는 것입니다.

자신이 쓴 동화 안에서 작가는 절대제왕이랍니다.
어떤 것도 만들 수 있고, 기쁘게 할 수 있고, 슬프게도 할 수 있답니다.

보이는 것 경험했던 것들에 대한 생각들을 이야기로 써보세요.
앞서 말했듯이 등장인물은 무엇이든 가능해요.

다음 페이지를 보면 자세한 설명이 있습니다.
플로우차트 글쓰기 노트로 동시와 동화를 창작해 보아요.

동시란 무엇일까요?

동시는 알고 있는 것처럼 짧게 쓴 글입니다.
그런데 짧다고 다 동시는 아니랍니다.

수필은 글이 굉장히 길고 장황하게 설명을 하였지요?
그 내용을 줄이고 줄이면 시가 될 수 있습니다.
그런데 수필에서 하고자 하는 내용이 짧은 시 안에 다 있어야 해요.

그러니까 시는 짧으면서 많은 뜻을 가지고 있는 문학의 한 장르입니다.

동시의 장점은 또 있습니다. 읽는 이로 하여금 많은 시간을 빼앗지 않아요
짧은 시간에 잠깐 읽고도 긴 여운을 남기는 것 그게 동시랍니다.

🎤 **예를 들어 '비' 에 관한 동시를 쓰려고 합니다.**

상황 1

비는 구름이 모여서 떨어지는 물입니다.

--------> 누구나 아는 뻔한 사실이지요?

"구름 위에 살다가 땅이 그리웠나?"

----------> **이렇게 표현하면 어때요?**

✓ 즉 쓰고자 하는 대상 속에 어린이가 들어가서 왜 그럴까? 하는
궁금증을 가지고 글을 쓰면 멋진 동시가 나올 수 있답니다.

상황2

비오는날 친구들과 우산을 쓰고 길을 가다가 우연히 커다란 나무 아래 젖지 않고 곱게 피어있는 꽃잎 하나를 보았다.

가만히 위를 쳐다보니 커다란 나무가 빗물을 막아주기 때문이었다.

--------> 길지요?

'나무는 나무는 정말 고마워
더운 날엔 꽃잎에 그늘이 되어주고
나무는 나무는 너무 고마워
비가 오면 꽃잎에 우산이 되어 주네'

이런 형태로도 쓰는 것이 동시랍니다.

아 ~ 그런데 제목이 비인데 나무나 꽃이 더 많이 나오네요?
이럴 때는 제목을 '**커다란 나무와 꽃과 비**'로 해보세요,,

그러니까 쓰고자 하는 대상에 감정을 넣어보세요.
약간 어려운 얘기일 수도 있지만 동시를 잘 쓰면 통찰력이라는 게 생긴답니다.

 사물을 꿰뚫어 보고, 감정을 이입하고, 분해하고 재결합하는 지혜를 얻을 수 있는 방법이 동시 쓰기랍니다.

동화에 대해서 알아보아요.

동화는 작가가 이야기를 만들어 내는 것입니다.

자신이 쓴 동화 안에서 작가는 절대제왕이랍니다.

어떤 것도 만들 수 있고, 기쁘게 할 수 있고, 슬프게도 할 수 있답니다.

보이는 것 경험했던 것들에 대한 생각들을 이야기로 써보세요.

앞서 말했듯이 등장인물은 무엇이든 가능해요.

예를 들면

지우개는 맨날 연필이 잘못 쓴 것만 지우면서 자신은 한 줌 때로 없어지는 것이 안타까우면 '어느 날 어린이가 책상에서 일기를 쓰다 지우개를 사용했는데 치우지 않고 잠들었어요.

그랬더니 지우개가 어린이가 자는 동안 연필한테 항의를 하러 갑니다.

'야! 너 왜 맨날 틀려서 내 몸이 자꾸 작아지잖야~'

그랬더니 연필이 억울하다는 듯 말을 합니다.

'그게 내 탓이야~ 내가 틀리게 썼냐구~"

그때 치우지 않은 지우개 때들이 개미처럼 슬슬 움직이더니 글자를 만듭니다.

"싸우지 마"

그래서 연필과 지우개는 싸움을 멈추고 안 틀리게 할 수는 없을까? 하고 작전을 짜는 겁니다.

이렇게 동화를 쓸 수도 있어요.

 아래의 표를 이용하면 동화를 좀 더 쉽게 쓸 수 있답니다.

플로어차트를 이용해 자신만의 동화를 써보아요.

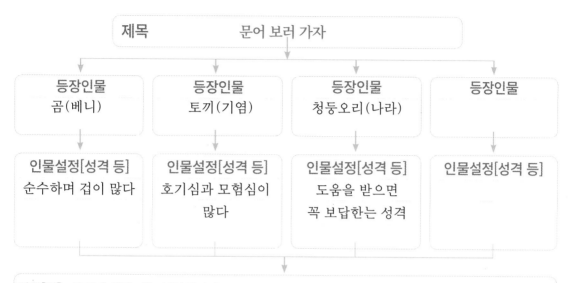

| 제목 | 문어 보러 가자 |

발단[기] - 야기가 시작 되는 부분입니다.
베니와 기염이 숲에서 소꿉놀이를 하는데 철새(나리) 한 마리가 날개를 다쳐 날지 못하는 것을 보고 기염이 도와준다

전개[승] - 본격적으로 이야기가 쓰여지는 부분입니다.
나리가 치료를 받으면서 베니에게 여행 이야기를 해주는데 바다에는 머리가 하나고 다리가 여러 개인 친구도 있다고 한다. 그래서 베니는 그런 건 없다고 하고 베니의 제안으로 그것을 보러 여행을 떠나게 된다.

위기[전] - 발생되는 문제로 인해 이야기 전개를 못할 문제가 생깁니다.
여행중에 잡식성인 베니는 먹을게 좀 있었지만 풀만 먹는 기염이 먹을게 부족해지자 자주 다투게 되고 여행을 포기하려고 하는데 하늘을 날던 나리가 그 둘을 보고 기염이 먹을 것을 구해 준다.

결말[결] - 발생되는 문제를 지혜롭게 풀어 이야기를 끝냅니다.
베니과 기염은 무사히 바다에 도착했지만 바닷속을 들어 갈 수 없어 문어를 볼 수 없어 엉엉 울다 끝이 난다. 슬픈 이야기다.

제목

등장인물

등장인물

등장인물

등장인물

인물설정[성격 등]

인물설정[성격 등]

인물설정[성격 등]

인물설정[성격 등]

발단[기] - 이야기가 시작 되는 부분입니다.

전개[승] - 본격적으로 이야기가 쓰여지는 부분입니다.

위기[전] - 발생되는 문제로 인해 이야기 전개를 못할 문제가 생깁니다.

결말[결] - 발생되는 문제를 지혜롭게 풀어 이야기를 끝냅니다.

제목

등장인물

등장인물

등장인물

등장인물

인물설정[성격 등]

인물설정[성격 등]

인물설정[성격 등]

인물설정[성격 등]

발단[기] - 야기가 시작 되는 부분입니다.

전개[승] - 본격적으로 이야기가 쓰여지는 부분입니다.

위기[전] - 발생되는 문제로 인해 이야기 전개를 못할 문제가 생깁니다.

결말[결] - 발생되는 문제를 지혜롭게 풀어 이야기를 끝냅니다.

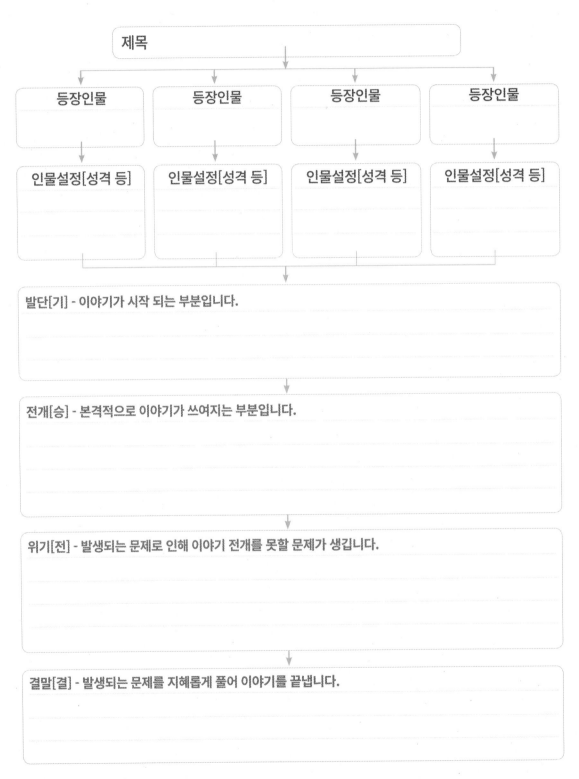

제목

등장인물

등장인물

등장인물

등장인물

인물설정[성격 등]

인물설정[성격 등]

인물설정[성격 등]

인물설정[성격 등]

발단[기] - 이야기가 시작 되는 부분입니다.

전개[승] - 본격적으로 이야기가 쓰여지는 부분입니다.

위기[전] - 발생되는 문제로 인해 이야기 전개를 못할 문제가 생깁니다.

결말[결] - 발생되는 문제를 지혜롭게 풀어 이야기를 끝냅니다.

제목

등장인물

등장인물

등장인물

등장인물

인물설정[성격 등]

인물설정[성격 등]

인물설정[성격 등]

인물설정[성격 등]

발단[기] - 야기가 시작 되는 부분입니다.

전개[승] - 본격적으로 이야기가 쓰여지는 부분입니다.

위기[전] - 발생되는 문제로 인해 이야기 전개를 못할 문제가 생깁니다.

결말[결] - 발생되는 문제를 지혜롭게 풀어 이야기를 끝냅니다.

제목

등장인물

등장인물

등장인물

등장인물

인물설정[성격 등]

인물설정[성격 등]

인물설정[성격 등]

인물설정[성격 등]

발단[기] - 이야기가 시작 되는 부분입니다.

전개[승] - 본격적으로 이야기가 쓰여지는 부분입니다.

위기[전] - 발생되는 문제로 인해 이야기 전개를 못할 문제가 생깁니다.

결말[결] - 발생되는 문제를 지혜롭게 풀어 이야기를 끝냅니다.

제목

등장인물 | 등장인물 | 등장인물 | 등장인물

인물설정[성격 등] | 인물설정[성격 등] | 인물설정[성격 등] | 인물설정[성격 등]

발단[기] - 야기가 시작 되는 부분입니다.

전개[승] - 본격적으로 이야기가 쓰여지는 부분입니다.

위기[전] - 발생되는 문제로 인해 이야기 전개를 못할 문제가 생깁니다.

결말[결] - 발생되는 문제를 지혜롭게 풀어 이야기를 끝냅니다.

제목

등장인물

등장인물

등장인물

등장인물

인물설정[성격 등]

인물설정[성격 등]

인물설정[성격 등]

인물설정[성격 등]

발단[기] - 이야기가 시작 되는 부분입니다.

전개[승] - 본격적으로 이야기가 쓰여지는 부분입니다.

위기[전] - 발생되는 문제로 인해 이야기 전개를 못할 문제가 생깁니다.

결말[결] - 발생되는 문제를 지혜롭게 풀어 이야기를 끝냅니다.

제목

등장인물

등장인물

등장인물

등장인물

인물설정[성격 등]

인물설정[성격 등]

인물설정[성격 등]

인물설정[성격 등]

발단[기] - 야기가 시작 되는 부분입니다.

전개[승] - 본격적으로 이야기가 쓰여지는 부분입니다.

위기[전] - 발생되는 문제로 인해 이야기 전개를 못할 문제가 생깁니다.

결말[결] - 발생되는 문제를 지혜롭게 풀어 이야기를 끝냅니다.

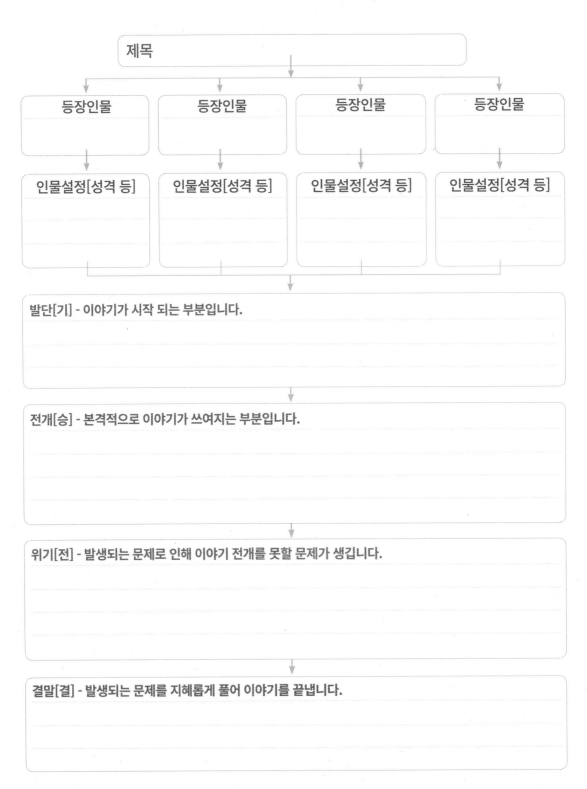